"곁에 두고 싶은 든든한 존재로 거듭난
블랙 쇼맨과 함께 이제 다시 쇼 타임.
일생 ⋯⋯⋯ 거움이
⋯⋯⋯습니다."

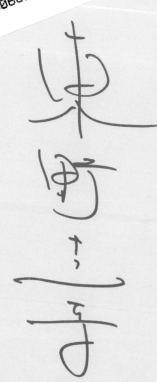

블랙쇼맨과
운명의 바퀴

블랙 쇼맨과
운명의 바퀴

히가시노 게이고

최고은 옮김

알에이치코리아

일러두기 : 이 책은 저작권자와 상의를 거쳐 한국어판 표제를 변경했습니다.

차례

천사의

선물

마요는 인터폰 패널에 호수를 입력하고 나서 바로 호출 버튼을 누르지 않고 표정근에 한껏 힘을 줘 양쪽 입꼬리를 올렸다. 뺨 주변 근육이 긴장하는 걸 느끼며 가까스로 버튼을 눌렀다. 요즘은 대부분 인터폰에 카메라가 달려 있어서 방문객은 아무것도 못 보더라도 상대방은 누가 왔는지 훤히 알 수 있다. 무뚝뚝한 표정을 짓고 있으면 그만큼 고객의 심기를 불편하게 할 수도 있다.

여성의 차분한 목소리가 네, 하고 대답했다.

"안녕하세요. 늘 신세를 지고 있습니다. 분코 건축사무소의 가미오입니다."

들어오세요, 라는 목소리와 함께 자동잠금 문이 열렸다. 입구로 들어서고 나서야 마요는 얼굴의 긴장을 풀었다.

홀을 지나 엘리베이터로 향하며 세련되고 고급스러운 맨션 현관을 둘러봤다. 지은 지 20년 된 집이라 해도 도심에 자리하고 역까지 걸어서 5분이라는 입지는 매

천사의 선물

력적이었다. 자산 가치가 충분하니 처음 분양받았을 때보다 분명 집값은 올랐을 것이다.

맨션 8층에서 마요를 기다리던 건 도미나가 요시카즈와 아사코 부부였다. 요시카즈는 일흔 살쯤 돼 보였고, 아사코는 남편보다 몇 살 아래로 보였다.

"여기까지 와달라고 해서 미안해요."

마요 앞에 찻잔을 내려놓으며 아사코가 사과의 말을 건넸다. 짙은 갈색으로 염색한 짧은 머리가 자그마한 체구와 잘 어울렸다.

별말씀을요, 하고 대답하며 마요는 옆에 놓아둔 가방에서 파일을 꺼냈다.

"마침 저희도 연락을 드리려던 참이었어요. 지난번에 고민하시던 욕실 디자인과 세탁기 배치 말인데요, 다른 안을 두 가지 준비했습니다."

도면을 펼쳐야 해서 마요는 홍차 잔을 옆으로 치웠다.

"아, 저기, 그 이야기는 좀 이따 해도 될까요?"

아사코가 당황한 듯 말했다.

마요는 파일을 펼치려던 손을 멈췄다.

"욕실에 무슨 문제라도 있나요?"

"아뇨, 그게 아니라. 실은 따로 상의하고 싶은 일이 있어서요."

"아…… 그러시군요." 마요는 파일을 닫았다. "그럼 어느 부분일까요? 지난번에 뵀을 때는 욕실 주변 말고는 저희 제안에 문제는 없다고 하셨던 것 같은데요."

"네, 맞아요. 그러니까 저흰 리모델링에 관한 걸 말하려는 게 아니에요."

"네……."

그때까지 침묵을 지켰던 요시카즈가 아사코, 하고 말문을 열었다.

"분명하게 말하는 게 좋겠어. 안 그러면 가미오 씨도 난감하실 테니."

"아…… 그러네요." 아사코는 마요 쪽을 보며 허리를 쭉 폈다. "정말 죄송합니다만, 이번 공사는 일단 보류하려고 합니다."

네? 놀라서 새된 목소리가 새어 나왔다.

"보류라 하시면, 공사를 연기하시겠다는 말씀이신가요?"

"네, 맞아요. 당분간 연기한다고 할까……."

천사의 선물

"그만둘지도 모릅니다." 요시카즈가 무뚝뚝하게 말했다. "리모델링 계획 자체를 백지로 돌린다는 말입니다."

마요는 아연실색했다. 예상치 못했던 사태였다.

"아, 고객님, 그게 무슨 말씀이신가요? 뭔가 예정을 변경하신다는 걸까요?"

"뭐, 비슷합니다." 요시카즈가 대답했다. "여러모로 애써주셨는데 죄송합니다. 저희도 피치 못할 사정이 생겨서 말입니다. 물론 지금까지 든 비용은 지불할 생각입니다."

"저기…… 괜찮으시다면 어떤 사정인지 여쭤봐도 될까요?"

그게……, 하고 아사코가 말문을 열자 요시카즈가 그만해, 하고 제지했다.

"쓸데없는 소리 마. 뭐 좋은 일이라고 집안의 수치를 떠벌려."

"하지만 가미오 씨는 지금까지 여러모로 신세를 진 분이고……."

"그러니까 폐를 끼친 만큼 금전적으로 성의를 보일 수밖에 없지." 요시카즈는 뚱한 얼굴로 마요를 쳐다봤다.

"부디 이해해 주시길 부탁드립니다."

마요는 당혹스러워하며 아사코를 바라봤다. 아사코는 난감한 표정으로 고개를 까닥 숙였다. 일단 지금은 돌아가 달라고 부탁하는 표정이었다.

"알겠습니다. 그럼 공사 발주는 일단 취소하고, 고객님께서 다시 연락을 주시는 걸로 처리하면 될까요?"

"네, 그러시죠."

요시카즈는 관심 없다는 듯 말했다.

"연기하실지 중단하실지 언제쯤 결정이 날지, 그 시기를 대략적으로라도 알 수 있을까요?"

요시카즈의 표정이 더욱 일그러지며 "언제쯤이지?" 하고 아사코에게 물었다. "다음 달 말에 출산이라고 했지? 그럼 아무리 빨라야 두 달 뒤겠군."

뜻밖의 말에 마요는 눈을 끔뻑였다. 출산이라니 그게 무슨 말인가.

"그렇게 빨리 결론이 날까요? 다퉈볼 부분이 있으니 더 오래 걸리지 않겠어요?"

"그것도 그렇군. 가미오 씨, 시기에 대해서는 다시 연락드리겠습니다."

마요는 알겠습니다, 하고 대답한 뒤 꺼냈던 파일을 다시 가방에 넣었다. 묵직한 파일이 쓰레기로 변할지도 모른다고 생각하니 마음이 무거워졌다.

맨션을 나와 역으로 걸음을 옮겼다. 머릿속은 여전히 혼란스러웠다.

오랜만에 들어온 큰 건이라 상사도 기대하고 있었다. 일정은 연기됐고 어쩌면 백지로 돌아갈지도 모른다고 보고하면 어떤 표정을 지을까.

아무튼 둘러댈 말을 생각하는데 스마트폰이 울렸다. 화면을 보고 걸음을 멈췄다. 도미나가 아사코의 전화였다.

"네, 가미오입니다."

"도미나가입니다. 아까는 죄송했습니다. 많이 놀라셨죠?"

"아…… 네. 전혀 예상치 못했던 상황이라."

"그러시겠죠. 정말 가미오 씨에게는 죄송할 따름이에요."

"아닙니다, 고객님마다 사정이 있으시니까요, 저희도 이해합니다."

"그렇게 말씀해 주시니 한결 마음이 편해지네요…….
가미오 씨, 지금 어디 계세요? 이미 차를 타셨나요?"

"아뇨, 역으로 걸어가는 길입니다."

"그럼 시간 좀 내주실래요? 아무래도 가미오 씨한테
는 설명해야 할 것 같네요."

"물론 저는 괜찮습니다만, 남편분도 괜찮다고 하시
나요?"

"그 사람은 아까 집에 갔어요. 저도 여기 맨션 정리만
하고 나가려고요."

"남편분께선 사정을 밝히는 걸 꺼리시는 것 같던
데……."

"말 안 하면 그이도 모르겠죠. 시간은 괜찮으신 거죠?"

"네, 그럼 어떻게 된 일인지 알려주시면 감사하겠습
니다."

아사코와 역 앞 커피숍에서 만날 약속을 하고 전화
를 끊었다.

다행히 커피숍은 한산했다. 음료를 주문하고 안쪽에
자리를 잡고 앉은 뒤, 파일을 펼쳐 이번 리모델링 제안
서를 살펴봤다.

천사의 선물

고령화에 따른 신체 능력의 저하로 생활 동선과 라이프 스타일 등을 고려해 '배리어 프리' 디자인을 했다는 설명에 눈길이 갔다. 신중하게 말을 고르며 기운차게 키보드를 치던 순간이 떠올라 허무할 따름이었다.

마요가 근무하는 분코 건축사무소에 도미나가 부부가 공사를 의뢰해 온 건 두 달 전쯤이었다. 아들이 혼자 살던 맨션을 부부의 노후 거주용으로 리모델링하고 싶다고 했다. 원래 살고 있던 단독주택은 낡은 데다 너무 넓어 부부 둘이 생활하기엔 불편한 까닭에 처분할 작정이라고 했다.

남자 혼자 살던 집이면 그리 넓지 않을 거라 짐작했는데, 물건의 상세 정보를 듣고 놀랐다. 면적이 120제곱미터*는 더 됐고, 4LDK** 구조였다. 어째서 이런 곳에 혼자 사는지 의아했지만, 사정을 듣고 납득이 갔다. 부부의 아들은 계속 독신이었던 게 아니라 과거에 그 집에서 결혼 생활을 했다고 한다. 여덟 달 전에 이혼했다고.

---

* 약 36평.
** 거실(Living room), 식당(Dining room), 부엌(Kitchen room)의 약자로, 방 네 개에 주방과 거실 구조를 의미한다.

하지만 안타깝게도 다섯 달 전에 아들이 급사했다. 교통사고, 그것도 고속도로 운전 중에 트레일러가 전복되는 사고에 휘말린 것이다.

부부는 슬픔에 젖어 하루하루를 보내다 겨우 아들의 유산과 유품을 정리하게 됐다. 그 과정에서 문제가 된 게 이 맨션이었다. 임대로 내놓거나 매각하는 방법도 고민했지만, 결국 직접 살기로 결정했다.

마요도 실제로 집을 둘러보고 나서 리모델링을 검토할 법하다고 생각했다. 노부부 둘이서 살기에는 방이 너무 많았다. 손님이 묵을 경우를 생각하더라도 방 두 개면 충분하리라. 도미나가 부부의 요청도 비슷했다. 거실을 중심으로 공간을 최대한 널찍하게 쓰도록 바꿔달라고 했다. 사연을 듣고 서둘러 설계에 착수했다. 예산은 2천만 엔이라 하니, 돈을 들일 곳을 좁히면 상당히 대담한 변형도 가능했다.

그로부터 일주일 후에 리모델링 기본 콘셉트를 설명하고, 그다음 주에 구체적인 안을 제시했다. 다시 일주일 뒤에 수정안을 제시했고, 아사코를 여러 쇼룸에 안내하며 비품과 자재를 보여주면서 거의 확정 단계에

천사의 선물

들어선 참이었다.

그런데 이제 와서 백지로 돌리겠다니…….

한숨을 내쉬며 파일을 덮었을 때, 도미나가 아사코가 커피숍으로 들어왔다. 마요는 자리에서 일어나 인사를 했다.

"이번 일은 정말 미안하게 됐어요." 자리에 앉자마자 아사코는 다시 사과의 말을 건넸다. "그이는 가만히 있으라고 했어도, 제 마음이 영 불편해서요. 이번 일은 전부 나한테 맡겨놓은 터라 그 사람은 가미오 씨가 얼마나 고생했는지 하나도 모르거든요."

"고생했다니요…… 당연히 할 일을 했을 뿐입니다. 이것저것 정해진 타이밍에 이렇게 돼서 안타까울 뿐이죠."

아사코는 그러게요, 하고 턱에 손을 댔다.

"우리도 설마 일이 이렇게 될 줄은 상상도 못 했어요. 이제 그쪽하고는 아무 관계도 없다고 생각했죠."

"그쪽…… 이라 하시면?"

"아들의 전처 말이에요. 둘이 이혼한 지 여덟 달이나 지난 마당에 찾아와서 어처구니없는 소리를 하더군요."

"어떤?"

"아들 유산 얘기였어요. 자기한테 상속권이 있다는 거예요."

"상속권요? 그건 좀 이상한데요. 아드님과 정식으로 이혼이 성립한 게 아닌가요?"

"당연히 이혼했죠."

"그럼 재산 분할에 대해서도 이미 이야기가 끝났을 테고, 아드님의 유산에 대해 헤어진 부인분은 아무 권리도 없는 게 아닌가요?"

"그게 맞아요. 하지만 그쪽이 주장하는 건 자신의 권리가 아니라 자녀의 권리예요. 배 속 아이에게 상속권이 있다는 거예요."

"배 속 아이요?"

"그 아이, 임신 중이에요. 다음 달에 출산하고요. 게다가 아이 아버지는 전남편, 죽은 우리 아들이라는 거예요."

2

"일이 꽤 복잡하게 됐군." 닦아놓은 셰리(sherry) 글라스를 빛에 비춰 보며 다케시는 서늘한 표정을 지었다. "뭐가 복잡하냐면, 상대방의 주장은 지극히 논리적이라 법적으로 전혀 빈틈이 없기 때문이지."

"역시 그런 거예요?"

"친생자 추정(親生子推定)이라고 해서, 여성이 이혼한 날부터 삼백 일 안에 낳은 자녀는 법으로 전남편의 아이임을 인정하지. 이혼해도 친권이 사라지지 않는 것과 마찬가지로, 태어나지 않은 배 속 아이에게도 상속권이 생겨. 그 맨션이 아들 명의였지? 달리 아이가 없다면, 전 재산은 태어날 아이에게 귀속될 거야. 설령 부모라 해도 마음대로 리모델링을 하거나 거주할 수 없어."

"하지만 도미나가 씨는 절대 하루토 아이가 아니다, 그럴 리 없다고 하던데. 나도 이야기만 들어서는 도미나가 씨 말에 동의하고요."

하루토는 사고로 세상을 떠난 아들의 이름이었다.

"오호, 어떤 이야기를 들었는데?"

"도미나가 씨 이야기로는 그 둘은 애초에 결혼하면 안 되는 사람들이었고, 그리 끈끈한 사이도 아니었대요."

도미나가 하루토는 작곡가였다. 마요는 들어본 적은 없었지만, 대표작을 조사해 보고 적잖이 놀랐다. 유명한 아이돌 그룹이나 가수들의 많은 곡을 그가 작곡했었다. 아는 곡도 여럿이었다.

상대 여성은 모치즈키 사치라는 그래픽 디자이너였다. CG 전문이라 뮤직비디오나 광고 제작 분야에서 활약했다고 한다.

두 사람을 이어준 건 하루토의 동생 후미카였다. 사치와 전문학교 시절부터 단짝이었다고 했다. 후미카에게는 태어날 때부터 몸이 약한 아들이 있었는데, 사치가 그 아이 문병을 왔을 때, 우연히 하루토도 병실에 있었다고 한다.

"예술이며 일 이야기로 의기투합해서 곧장 사귀기 시작했고, 그로부터 한 달 뒤에 혼인신고를 했다니 부모로선 깊은 사이가 아니었다고 말하고 싶을 법도 하죠."

지금 생각해 보면 후미카 개가 쓸데없는 짓을 해서, 하고 진저리 치던 도미나가 아사코의 모습이 떠올랐다.

"결혼 초부터 서로의 라이프 스타일에 간섭하지 않는다는 규칙을 세웠대요. 둘 다 특이하죠. 굳이 그렇게 넓은 맨션을 매입한 것도 각자 작업실과 침실이 있어야 하기 때문이라나. 그렇게 살 거면 뭐 하러 결혼을 하는지."

"특이하기는 하지만 서로 합의한 사항이면 문제없지. 주변에서 이러쿵저러쿵할 일은 아니잖아."

"하지만 결국 이혼했잖아요. 이혼까지 대략 넉 달 동안 별거를 했고, 그사이에 각자 애인이 생겼대요."

"그래? 꽤 요란한 사람들이군. 뭐, 그런 인생도 있는 거겠지. 어느 쪽이 일방적으로 상처받는 것보다는 낫지 않아?"

"그 점은 동의해요. 문제는 그런 식으로 헤어진 두 사람 사이에 어떻게 아이가 생겼느냐는 거지. 이상하지 않아요?"

"원체 특이한 사람들이니 우리 상식으로 가늠할 수는 없지. 법적으로 이혼이 성립해서 기분이 풀어졌고, 마지막 밤이니 기념으로 즐겨보자는 흐름으로 갔을 수도 있잖아. 의외로 부부로 살던 때보다 더 불타올랐을 수도 있고."

마요는 삐뚜름한 미소를 지으며 말하는 삼촌의 얼굴을 혀를 차며 올려다봤다.

"그런 상상을 어떻게 그렇게 잘하는지 몰라."

"이상하다고? 예술가라면 그럴 수도 있을 것 같은데."

"만일 그렇다 해도, 피임은 하지 않아요? 임신이라도 하면 일이 복잡해지는데."

"거기까지 생각이 미치지 않았던 건지도 모르지. 술에 취한 상태였다거나, 아니면 피임약을 썼을 가능성도 있지. 어찌 됐든 현시점에서 아이의 아버지가 도미나가 하루토 씨가 아니라는 증거는 아무것도 없다는 건 단언할 수 있어."

"진실을 아는 건 헤어진 전처…… 모치즈키 사치 씨뿐이라는 거네. 그녀가 아이 아버지가 도미나가 하루토 씨가 아니라고 말하지 않는 한, 이 흐름은 막을 수 없고."

"정확히 말하면 출산한 여성 본인이 아이의 아버지가 전남편이 아니라고 주장해도, 출생 신고서를 제출하면 아이는 전남편의 아이로 등록돼. 여성이 진실을 말하는지 아닌지는 아무도 모르니까. 아이의 권리를 지키기 위해, 누구라도 아버지로 등록해야 하고, 그건 전남편으로 한다고 정한다. 이걸 친생자 추정이라 하지. 재판을 걸어서 유전자 검사 등으로 친자관계가 없다는 걸 증명하고 나서야 아이의 아버지가 전남편이 아니라는 게 인정되고."

"그렇게 번거롭구나……."

"예전에 이런 일이 있을 때 친생 부인의 소는 아버지밖에 낼 수 없었어. 덕분에 가정 폭력 등의 사유로 이혼한 여성이 다른 남성의 자식을 낳았을 때, 전남편의 자식이 되는 게 싫어서 출생 신고를 하지 않는 경우가 왕왕 있었지. 아이가 무호적자가 되는 걸 방지하기 위해, 지금은 어머니나 아이 본인도 이를 청구할 수 있도록 법이 바뀌었어."

다케시는 법조인도 아니면서 전문가라도 되는 양 술술 말했다.

"하지만 이번 일로 모치즈키 사치 씨가 소를 제기할 리는 없겠네."

"그렇겠지."

"그러면 반박할 수 있는 유일한 사람은 하루토 씨뿐

이고. 하지만 이미 고인이 된 마당에 어찌할 도리가 없으니." 마요는 머리를 싸안았다. "방법이 없는 거예요? 결국 하루토 씨 유산은 전부 모치즈키 사치 씨가 낳은 아이가 가져가겠네. 남의 일이지만 왠지 안타까워요."

"관점을 바꿔서 생각해 보는 건 어떠냐? 그 맨션에는 싱글 맘인 모치즈키 씨가 살겠지? 그럼, 지금의 집 구조는 영 불편할 테니, 미리 리모델링 안을 짜서 그녀에게 영업하는 방법도 있어."

마요는 인상을 찌푸렸다.

"어떻게 그래요, 의리도 없이."

"왜 못 해? 맨션 주인이 바뀌었으면 그에 따라 고객도 바뀌었을 뿐이라 생각하면 되잖아."

"난 그런 거 못 해요. 도미나가 씨를 배신하는 것 같잖아."

"쓸데없는 의리를 지키네. 일이라고 생각하면 상관없을 텐데."

"그런 문제가 아니라요. 아아, 좀 어떻게 안 되나."

"딸하고는 상의 안 한 거야? 전처하고 단짝이라면서."

"도미나가 씨는 딸까지 이 일에 끌어들이고 싶지 않

대요. 모치즈키 씨가 임신했다는 얘기도 안 했나 봐요.
둘을 만나게 해서 가뜩이나 책임감을 느끼는 눈친데,
이런 얘기까지 하면 딸이 더 힘들어할 거라고. 하루토
씨가 이혼한 뒤로 후미카 씨도 모치즈키 씨와 연락을
끊은 모양이더라고요."

"그래?" 다케시는 팔짱을 꼈다. "방법은 두 가지야.
하나는 죽은 하루토 씨 대신 부모가 재판을 하는 거지.
3촌 이내의 혈족이면 친생 부인 조정 신청을 할 수 있
을 거야. 어쩌면 법원에서 친자 확인 유전자 검사를 하
라고 명령을 내릴지도 모르지. 하지만 설령 그렇게 되
더라도 해결해야 할 문제가 많아. 검사에 사용할 유전
자가 하루토 씨 본인의 것임을 증명해야만 하거든. 결
과가 나오려면 상당히 시간이 걸리겠지. 그사이에 맨
션을 포함한 전 재산을 매각한다면 되찾기 쉽지 않을
거야."

"그럼 안 되잖아요. 다른 방법은 뭐예요?"

"이건 간단해. 모치즈키 씨 쪽이 상속권을 포기하는
거지. 아이 아버지가 누구인지 상관없이."

"어떻게? 그걸 포기하겠어요?"

"무슨 일이든 예단하는 건 좋지 않아. 도미나가 부인을 만나도록 자리를 마련해 봐. 사정을 좀 자세히 파악해야겠으니까."

"삼촌이? 왜?"

"귀여운 조카가 곤경에 처했는데, 힘이 돼줘야 하지 않겠어?"

마요는 눈을 치켜뜨며 다케시를 보았다.

"수상해. 그럴 리가. 사례금을 노리는 거죠?"

다케시는 파리를 쫓듯 손을 휘휘 저었다.

"걱정 마라. 적정한 수준의 성공 보수 말고는 요구하지 않는 게 내 신조야. 그런 눈으로 보지 말고 얼른 부인한테 연락해."

생각지도 못한 전개에 당혹스러워하며 마요는 스마트폰을 집었다. 삼촌이 그냥 허풍쟁이가 아니라는 사실은 지금까지의 경험으로 잘 알고 있었다.

천사의 선물

3

"상대 남성이 누구인지 알고 있다고요? 그게 사실입니까?"

"틀림없어요. 흥신소 사람이 거짓말을 하지 않았다면요."

"그 사람들이 가짜 보고를 했을 리는 없겠죠. 그 보고서는 갖고 계십니까?"

"네, 뭔가 도움이 될까 싶어서 가져왔어요."

여기요, 하고 도미나가 아사코는 다케시에게 파일을 건넸다.

세 사람은 긴자의 한 커피숍에 있었다. 낮에 다케시와 아사코가 만날 자리를 만들기 위해 마요는 고객과 미팅이 있다고 둘러대고 근무 시간에 회사를 빠져나왔다.

보고서를 살펴보며 다케시는 고개를 끄덕였다.

"같이 두바이 여행을 갔군요. 서로의 집을 자주 드나들고, 주변에도 관계를 숨기지 않았던 모양이군요. 하지만 최근에는 헤어졌다는 소문도 있다. 진위는 불명이라……."

"설령 헤어졌다고 해도, 출산 예정일로 아이가 생긴 시기를 계산해 보면, 둘이 사귀던 때예요."

"이 보고서를 받고 뭔가 행동을 취하셨습니까?"

도미나가 아사코는 힘없이 고개를 저었다.

"아무것도 안 했어요. 어떻게 하면 좋을지 몰라서……."

"알겠습니다. 이 보고서는 제가 가져가도 되겠습니까?"

"네."

다케시는 커피를 한 모금 마신 뒤 깍지 낀 손을 테이블 위에 올려놓았다.

"다시 정리해 보면 이렇게 된 일이군요. 도미나가 하루토 씨 명의의 예적금은 모두 새로 개설된 계좌로 이체됐다. 작곡 저작권은 음악 출판사에 양도됐고, 사용료도 새 계좌로 입금되도록 변경됐고요. 다른 재산은 아오야마(靑山)에 있는 맨션뿐이고, 상속세 신고는 아직 하지 않았다. 맞습니까?"

"네, 맞아요."

"모치즈키 씨 쪽에서 정식으로 유산을 요구하더라도, 무사히 아이가 태어난 뒤의 일이겠죠. 그렇다 처도 미리 할 수 있는 일이 있습니다. 예를 들면 맨션 명의 같은 거요. 배 속 아이 앞으로 명의 변경을 요구할 수도 있어요."

"아직 태어나지도 않았는데요?"

마요가 눈을 동그랗게 뜨며 물었다.

"태아에게도 상속권이 있으니 명의 변경은 가능하지. 등기부에는 모치즈키 사치의 태아라고 올라가고. 도미나가 씨에게는 그걸 거부할 권리가 없어. 그 상태로 맨션을 매도할 수는 없지만, 아이가 태어난 순간부터 가능해지지. 미리 매수자를 구할 수 있다면, 순식간에 일이 진행될 거야."

"그럼 큰일이잖아요."

"큰일이지." 다케시는 도미나가 아사코를 보며 말을 이었다. "그러니까 만일 그쪽에서 명의 변경을 요구하면, 도미나가 씨는 법원에 부동산 처분 금지 가처분 신청을 내세요."

"네, 처분 금지……?"

"처분 금지 가처분 신청입니다. 어떻게 하는지 모르면 연락 주십시오. 제가 알려드리죠."

"감사합니다. 그 밖에는 뭘 하면 될까요?"

"그건 앞으로 조사 결과에 따라 달라지겠죠. 저희가

연락을 드릴 테니 그때까지 기다려 주십시오. 그나저나 교섭을 하려면 모치즈키 사치 씨에게 직접 연락하면 됩니까?"

"아뇨, 언니가 대리인을 맡고 있어요. 사치가 임신했다는 소식을 전해준 것도 그분이에요."

도미나가 아사코는 가방에서 명함을 꺼내 이분이에요, 라고 하며 테이블에 내려놓았다. 좀 보겠습니다, 하고 다케시는 명함을 봤다. 마요도 옆에서 들여다봤다. 모치즈키 도코라는 이름으로, 세무사 사무소를 경영한다고 했다.

"이 명함을 제가 가져가도 되겠습니까?"

"네. 저기…… 무슨 해결책이 좀 있을 것 같나요?"

"걱정 마십시오." 다케시는 코를 벌름거리며 도미나가 아사코를 바라봤다. "그렇게 말씀드릴 수는 없습니다. 하지만 어딘가에 돌파구가 있을 겁니다. 일단 저한테 맡겨주십시오."

"죄송합니다. 처음부터 끝까지 신세만 져서. 가미오 씨에게 도움을 받을 수 있는 분이 있다는 얘기를 듣고 하늘이 무너져도 솟아날 구멍이 있나 싶었어요. 정말 감사합니다. 저기, 약소해서 부끄럽습니다만 성의라고 생각하고 받아주세요. 물론 일이 끝나면 충분히 사례하겠습니다."

그렇게 말하며 도미나가 아사코는 흰 봉투를 내밀었다.

"이런 걸 바라고 드린 말씀은 아니었는데……." 다케시는 얼굴을 찡그리면서도 봉투를 받아 챙겼다. "그럼 이건 경비로 쓰도록 하죠. 만일 명세서나 영수증이 필요하시다면 나중에 드리겠습니다."

"아뇨, 괜찮습니다. 모쪼록 잘 부탁드리겠습니다." 도미나가 아사코는 정중히 고개를 숙인 뒤 가게를 나섰다. 그 뒷모습을 배웅하고 나서 다케시는 봉투를 확인했다.

"십만 엔이라. 뭐, 상식적인 금액이긴 하군. 어디까지나 조사 경비로는."

성공 보수로 대체 얼마를 요구할 작정인 걸까. 물어보면 알려줄 테지만 알고 싶지 않았기에 마요는 잠자코 있었다.

"삼촌, 정말 승산이 있어요?"

"사 대 육쯤 될까."

다케시는 컵에 남은 커피를 마셨다.

"사 대 육? 생각보다 낮네요."

"사 대 육을 무시하지 마라. 천하의 이치로도 타율 사할을 넘기지 못했으니까. 일단 모치즈키 사치가 사귀었다는 사람을 만나봐야겠군." 다케시는 흥신소에서 작성한 보고서를 펼쳤다. "영상 제작회사에 근무하는 사람이군. 그녀와 같은 업계 사람이고. 회사는 아카사카(赤坂)에 있네." 스마트폰을 꺼내 바로 전화를 걸었다.

한 시간쯤 후, 마요와 다케시는 아카사카의 커피숍에 있었다. 아까와 같은 체인점이었고, 다케시는 똑같은 음료를 또 마시고 있었다. 아까 카페라테를 마셨던 마요는 주스를 주문했다. 빨대로 음료를 마시며, 외출 시간이 길어진 걸 상사에게 뭐라고 변명해야 할지 생각했다.

이내 가게에 나타난 스가누마는 단정한 얼굴의 남자로, 보기 좋게 그을린 피부가 돋보였다. 잘 관리된 몸매를 보니 규칙적으로 헬스클럽에 다니는지도 모른다. 긴장한 기색이 역력했는데, 마요는 그럴 법도 하다고 생각했다. 다케시는 전화로 자신을 도미나가 부부의 대리인이라 소개했고, 모치즈키 사치 씨 일로 중대한 볼일이 있는데 만나서 이야기하고 싶다며 스가누마를 불러냈다. 경계하는 것도 당연했다.

"단도직입적으로 묻겠습니다. 모치즈키 사치 씨와 교제하셨죠? 그분이 이혼하기 전부터요."

스가누마는 입술을 핥았다.

"이혼은 정해진 일이었고, 남편과도 별거 중이었습니다. 실제로 금방 이혼했고요. 그리고 도미나가 씨도 만나던 여성이 있었다고 알고 있습니다."

다케시는 진정하라는 시늉을 했다.

"단순한 사실 확인입니다. 지금은 어떻습니까? 두 분 관계가 바뀌었습니까?"

스가누마는 잠시 뜸을 들이다 네, 하고 대답했다.

"좋은 관계를 유지하고 있습니다."

"지금 대답하기까지 좀 시간이 걸리셨는데 이유를 여쭤봐도 되겠습니까?"

"딱히 이유는 없습니다. 말을 골랐을 뿐이죠."

스가누마는 날선 목소리로 대꾸했다.

"모치즈키 씨가 임신하셨다는 건 아십니까?"

스가누마가 꿀꺽 침을 삼키는 게 느껴졌다.

"압니다."

"언제 아셨습니까?"

"반년 전쯤…… 이었던 것 같습니다."

"모치즈키 사치 씨의 집에서 들으셨습니까?"

"그렇습니다만."

"기쁘셨습니까?"

"그야……." 스가누마는 헛기침을 하더니 어깨를 으쓱했다. "제 아이였다면 그랬겠죠."

"아니었습니까?"

"아닐지도 모른다고 하더군요. 아마 전남편…… 도미나가 하루토 씨의 아이일 거라고."

"그 말을 듣고 어떤 생각이 드셨습니까?"

"그게 무슨……."

"화는 안 나셨습니까? 이미 스가누마 씨와 만나던 때였잖습니까. 그런데 전남편과 관계를 가졌다. 일반적으로 화가 날 만한 상황이죠."

"기분이 좋지는 않았죠. 하지만 어쩌겠습니까. 이혼

하기로 했어도 아직 부부였는데. 두 사람 일은 두 사람 밖에 모르는 거죠."

"아이를 지운다는 얘기는 없었습니까?"

"없었습니다. 사치는 낳을 생각이었고, 저도 지우라고는 할 수 없었습니다. 제 아이일지도 모르니까요. 우리에게 찾아온 아이인데 귀하게 여겨야죠……."

"아까 좋은 관계를 유지하고 있다고 하셨죠. 모치즈키 씨가 아이를 낳은 뒤에도 이어가실 겁니까?"

"그러면 안 됩니까?"

"결혼 예정은 있으십니까?"

"구체적으로 정해진 바는 없지만, 가능성은 있죠."

"태어날 아이의 아버지가 될 각오가 되어 있으시군요."

네, 하고 스가누마는 고개를 끄덕였다. "됐습니다."

"도미나가 하루토 씨의 부모님께서는 모치즈키 사치 씨 배 속 아이의 부친이 하루토 씨라는 사실에 의문을 품고 계십니다. 출산 후에 친생 부인 소송을 제기할지도 모릅니다. 유전자 검사를 요청하면 받아들이시겠습니까? 어쩌면 스가누마 씨의 아이라는 결과가 나올지도 모릅니다. 그러면 당당하게 친자라 할 수 있죠."

"그렇게 나오지 않는다면요? 하루토 씨 아이라고 할 지도 모르잖습니까. 그보다는 제 자식이라는 가능성을 남겨두고 싶습니다. 어느 쪽이든 사치가 슬퍼할 일은 하고 싶지 않군요."

스가누마는 도전적인 눈빛으로 다케시를 바라봤다.

좋습니다. 다케시는 그렇게 말한 뒤 씩 웃었다.

"스가누마 씨 생각은 잘 알았습니다. 바쁘신데 시간을 내달라고 해서 죄송합니다."

"이야기는 다 끝난 겁니까?"

"네. 감사합니다."

자리에서 일어나 등을 돌리려던 스가누마가 멈춰서 입을 열었다.

"방금도 말씀드렸지만, 사치가 슬퍼할 일에는 협조하지 않겠습니다. 그것만은 잊지 마십시오."

"명심하겠습니다."

다케시가 고개를 숙였다.

스가누마가 나간 뒤 마요와 다케시도 가게를 나섰다.

"확실해졌군. 배 속 아이는 스가누마의 아이야."

걸음을 옮기며 다케시가 단언했다.

"어떻게 단정할 수 있죠?"

"모치즈키 사치는 임신했다는 사실을 말하려고 스가누마를 자기 집으로 불렀어. 만일 아이 아버지가 하루토 씨일지도 모른다고 말하려 했으면, 본인이 스가누마의 집으로 갔겠지. 그러면 분위기가 험악해져도 자기가 일어나 나가면 되니까."

"아, 일리가 있네요. 자기 집이면 분위기가 험악해져도 상대가 나가지 않으면 어쩔 도리가 없으니까."

"스가누마를 자기 집으로 부른 건, 할 이야기가 그에게 좋은 소식이었기 때문이야. 실제로 모치즈키 사치는 아이가 생겼어, 당신 아이야, 라고 하지 않았을까. 내가 기뻤냐고 물었을 때, 스가누마는 그야, 라고 말했어. 아마 그야 당연히 좋았다고 하려던 거겠지. 순간적으로 입을 다물었지만, 내 눈은 못 속이지."

다케시는 자랑스레 해석을 내놓았다. 나름대로 설득력이 있었다.

"태어날 아이의 아버지가 될 각오가 됐느냐고 물었더니 스가누마는 됐다고 했지? 눈동자의 움직임을 보아 하니 거짓말은 아냐. 각오한 걸 알 수 있었지. 정말

자기 자식이라 확신하니까 망설임이 없는 거고."

뛰어난 멘탈리스트인 다케시가 상대의 눈빛만으로 발언의 진위를 간파하는 장면을 마요는 여러 차례 목격한 바 있었다. 분명 허튼소리는 아니겠지.

"그럼 스가누마 씨는 왜 사실대로 말하지 않는 거죠?"

"바로 그게 문제야. 그 시점에서는 하루토 씨가 살아 있었으니, 태어날 아이의 아버지가 하루토 씨라고 주장할 이점이 하나도 없지. 하루토 씨가 친생 부인 소송을 하면 끝이니까. 분명 하루토 씨가 갑작스럽게 사망한 일이 전환점이 됐겠지."

"모치즈키 씨는 유산을 노리고 아이의 아버지를 하루토 씨라고 주장하기로 했고, 그 계획에 스가누마 씨도 동참하기로 한 거라고요?"

"그럴 가능성이 커. 스가누마 씨로서는 공공기관 서류에 아이 아버지가 누구라고 기재되든 무슨 상관이겠어. 출산 후에 모치즈키 씨와 결혼하면 친자식과 함께 살 수 있잖아. 게다가 그 아이는 하루토 씨의 전 재산을 상속했고. 동참하지 않을 재간이 없지."

"스가누마 씨가 우리에게 협조할 가능성은 없다는

거네요. 그럼 이제 방법이 없네요?"

"무슨 소리냐. 여기서부터가 우리가 나설 차례인데."

4

모치즈키 사치의 자택 겸 작업실은 게이오선 하타가야역에서 도보로 3분 거리에 자리하고 있었다. 15층 건물의 6층이었다. 구조는 일단 1LDK였지만, 실제로는 미닫이문을 전부 떼어놓아서 원룸에 가까웠다. 실내 대부분을 차지한 건 컴퓨터를 비롯한 다양한 전자기기와 사무용품이었고 거실이라곤 작은 유리 테이블과 소파가 놓인 공간이 전부였다. 마요와 다케시는 2인용 소파에 나란히 앉아 비즈 쿠션 위에 앉은 모치즈키 사치와 마주하고 있었다.

"집이 좁아서 불편하실 텐데 죄송해요. 전화로도 말씀드렸지만 되도록 외출을 피하고 있거든요. 몸이 무거워서요. 조심해야죠." 모치즈키 사치는 검은 임부복 차림으로 두 손을 살짝 펼치며 후훗 웃었다.

"그건 구실이고요. 실은 움직이기 싫어서요. 그러니까 죄송하지만 차 대접은 못 할 것 같은데 양해 부탁드려요."

"차를 마시러 온 게 아니니까 괜찮습니다. 신경 쓰지

마시죠." 다케시가 웃으며 말했다.

　모치즈키 사치는 들고 있던 명함을 봤다. 방금 다케시가 건넨 것이었다.

　"'트랩핸드'…… 에비스에서 바를 경영하시는군요. 지금은 술을 자제하고 있지만, 마실 수 있게 되면 놀러가도 되나요?"

　"물론이죠. 괜찮으시다면 오늘이라도 찾아주십시오. 무알콜 음료 메뉴도 충분히 구비해 놓았습니다."

　"출산할 때까지는 사람 많은 곳도 피하고 있어요. 감염병 같은 것도 무섭고."

　"그러시군요. 그럼 무사히 출산하신 뒤에 꼭 들러주십시오."

　"그러죠. 기대할게요."

　"아이는 잘 자라고 있습니까?"

　"네, 너무 건강해서 힘들 정도예요." 사치는 제 배를 쓸며 대답했다.

　"성별은 들으셨습니까?"

　"여자아이예요. 초음파로 봤는데, 아주 예쁘게 생겼어요. 보실래요?"

"아뇨, 괜찮습니다. 이름도 이미 지으셨습니까?"

"네, 아직은 비밀이지만." 사치는 자랑스레 고개를 들었다.

"도미나가 씨와는 어떻게 아시는 사이시죠? 전화로는 대리인이라고 하시던데."

갑자기 옆에서 끼어든 건 모치즈키 도코였다. 다소 이국적인 외모의 동생과 대조적으로 담백한 생김새였다. 덤으로 표정 변화가 거의 없어서 꼭 가면을 마주하고 있는 것 같았다. 그녀는 혼자 네모난 상자 같은 의자에 앉아 작은 몸으로 다른 사람들을 내려다보고 있었다.

다케시는 모치즈키 도코를 바라보며 말했다.

"돌아가신 형님이 생전에 신세를 많이 졌거든요. 늘 언젠가 은혜를 갚아야 한다고 하셨습니다. 자세한 사정은 말씀드릴 수 없어서 죄송하지만요."

술술 입에서 엉터리 거짓말이 흘러나왔다. 으레 있는 일이라 마요는 새삼스레 놀라지 않았다.

"가미오 다케시 씨……" 사치는 명함을 보며 고개를 기울였다. "어디서 들어본 것 같은 이름인데."

"기분 탓이겠지요. 흔한 이름입니다. 본론을 말씀드

천사의 선물

려도 되겠습니까?"

사치는 도코와 얼굴을 마주 보더니 명함을 테이블에 내려놓았다. "하시죠."

"도미나가 씨가 의뢰하신 내용은 간단합니다. 모치즈키 씨 배 속 아이 아버지가 정말 도미나가 하루토 씨인지 확인해 줬으면 한다. 하지만 저희가 그걸 확인할 방법은 없죠. 그래서 먼저 본인에게 직접 여쭤보고자 찾아뵌 겁니다. 솔직하게 대답해 주십시오. 아이의 아버지가 도미나가 하루토 씨입니까?"

동생에게, 도코가 말문을 열었다. "그 질문에 대답해야 할 의무가 있나요?"

"왜 대답할 수 없죠?"

"모르니까." 사치가 말했다. "그걸로 안 되나요?"

"모른다고요?"

"이미 아시겠지만, 저하고 하루토는 이혼 전부터 이미 별거 중이었어요. 그동안 하루토는 따로 만나는 여자가 생겼고, 저도 나름대로 데이트를 즐겼죠. 그러다 임신해서 아빠가 누군지는 몰라요. 그렇게 된 거예요."

"하루토 씨가 아버지일 가능성도 있다는 겁니까?"

"네. 이상하게 여기시겠지만, 우리 관계는 그런 식이었어요. 이혼하기로 한 뒤에도 가깝게 지냈죠. 종종 관계도 했고요."

사치, 도코가 나무라듯 눈살을 찌푸렸다. "적당히 해."

"사실대로 말하지 않으면 이해 못 할 테니까."

"하루토 씨에게 임신했다고 말씀하셨습니까?"

사치는 물론이죠, 하고 대답했다.

"당신 아이일지도 모른다는 말씀도 하셨습니까?"

"네. 좋아하던데요. 자기 분신이 이 세상에 태어날지도 모른다고 생각하니 재미있다고."

"이상하군요. 도미나가 씨 부부는 하루토 씨에게 그런 얘기를 들은 적이 없다고 하시던데."

"저도 그렇게 들었는데, 이유가 뭔지는 모르겠어요. 아마 귀찮았던 게 아닐까요."

"그 의문에 제 동생은 아무 상관도 없어요." 옆에서 도코가 끼어들었다. "도미나가 집안 문제죠."

다케시는 말없이 고개를 끄덕인 뒤 다시 사치를 바라봤다.

"스가누마 히로유키 씨와 교제하고 계시죠. 배 속 아

이의 아버지는 아마 하루토 씨일 거라고 말씀하셨다면 서요. 그런 말을 하면 스가누마 씨와의 관계가 끝날 거란 생각은 안 하셨습니까?"

"끝나면 어쩔 수 없죠. 거짓말을 해도 소용없잖아요. 하지만 내 눈은 정확했어요. 히로유키는 받아들여 줬어요. 유전자 검사 결과가 어떻게 나오든, 내가 낳은 아이를 소중히 키우겠다고 했어요."

"스가누마 씨에게 자기 자식이라는 확신이 있는 건 아니고요?"

사치는 눈을 깜빡이더니, 후후 코웃음을 쳤다.

"그런 걸까요. 저는 잘 모르겠네요."

"아이의 아버지가 누구인지 확실하게 밝히고 싶으신 마음은 있으십니까?"

"없지는 않은데, 확실하게 밝힐 필요도 없다는 마음이 더 강하다고 해야 하나. 히로유키도 이해해 줬는데 굳이?"

다케시는 두 손을 비비며 사치를 바라봤다.

"건강한 아이를 순산하시길 바랍니다. 문제는 그다음이죠. 출생 신고서를 제출하면 자동으로 전남편인

도미나가 하루토 씨의 아이가 됩니다. 그건 곤란하니 소송을 걸겠다는 게 도미나가 씨 부부의 의향이고요. 재판까지 가면 유전자 검사 얘기도 나올 텐데, 만약 그렇게 된다면 어떻게 대처할 생각이십니까?"

"글쎄요, 어떻게 할까요. 그런 나중 일까지 생각해 보질 않아서."

"생각해 두시는 게 좋지 않을까요? 재판 결과, 아이가 하루토 씨 친자가 아니라는 게 밝혀지면 아무 이득도 얻지 못하게 되시는데."

"이득이라뇨?"

"솔직하게 말씀드리겠습니다. 저희는 모치즈키 씨가 아이의 아버지를 확실하게 밝히고 싶지 않은 이유는, 하루토 씨 유산 때문이 아닌가 생각합니다."

사치의 표정은 바뀌지 않았다. 그 대신 옆에 있던 도코의 눈썹이 꿈틀거린 걸 마요는 놓치지 않았다.

"어떠신가요? 괜한 분쟁을 일으켜 화근을 남기기보다 소송을 하지 않고 정리하는 길을 찾는 게 서로에게 합리적이라 생각합니다만."

"동생한테 어쩌라는 거죠?" 도코가 싸늘한 어조로 물

었다.

"간단합니다. 배 속 아이의 유산 상속을 포기하면 됩니다. 물론 맨입으로 드리는 말씀은 아닙니다. 금액을 제시해 주시면 제가 도미나가 씨 부부께 잘 말씀드리겠습니다. 두 분께도 나쁜 제안은 아닐 겁니다."

사치는 의견을 구하듯 언니를 보았다.

도코가 입을 열었다. "동생이 그 조건을 받아들일 거라 생각하세요?"

"거부할 이유가 없지 않습니까. 소송을 해서 하루토 씨의 친자가 아니라는 게 밝혀지면 한 푼도 못 건집니다."

도코의 뺨이 살짝 풀어졌다. 웃는 것 같았다.

"가미오 씨라고 하셨죠. 아시나요? 유전자 검사로 혈연관계가 아니라는 게 증명돼도, 그것만으로 법적인 부자 관계는 단절되지 않는다는 판단을 내린 대법원 판결도 있었답니다."

"십 년 전쯤의 판례군요. 분명 홋카이도의 사례였죠. 그 사례와는 상황이 다릅니다만."

"어떻게 다르죠? 똑같아 보이는데."

가미오 씨, 하고 사치가 말문을 열었다.

"저하고 하루토가 관계했을 가능성이 없다고 단정 지으시는 것 같은데, 남녀 사이는 아무도 몰라요."

"그럼 확률 이야기를 하죠. 아무리 가능성이 있다 하더라도, 그렇게 크지는 않을 겁니다. 아이 아버지는 이혼하고 멀어진 전남편일까요, 같이 여행을 갈 정도로 가까운 애인일까요. 룰렛에 비유하자면 한 숫자에 거는 것이나 마찬가지죠."

"재미있는 비유네요. 룰렛은 숫자가 여러 개인가요?"

"미국 스타일은 일에서 삼십팔까지죠."

"삼십팔 분의 일이라. 음, 하긴 두 사람과 잔 횟수를 생각하면 확률은 그 정도 되겠네요."

"적당히 하라고 했지."

도코의 목소리가 날카로워졌다.

사치는 어깨를 으쓱하더니 혀를 날름 내밀었다.

알겠다고 대답하며 도코는 다케시 쪽을 보았다.

"도미나가 씨 부부 대리인으로 여기까지 오셨으니, 뭔가 성과를 가지고 돌아가지 않으면 두 분도 체면이 서지 않겠군요. 저희가 제시하는 금액을 받아들여 주신다면 생각해 보겠다고 전해주세요."

"드디어 이야기가 진행되는군요. 제시하는 금액을 말씀하시죠."

"원래 세세히 계산해야 하지만, 시간이 없으니 대략 말씀드리죠." 도코는 두 손을 펼쳤다. "십억입니다."

오오, 하고 탄성을 지른 건 사치였다.

"십억…… 이라고요." 천하의 다케시도 놀란 표정이었다.

그리고 마요는 한 박자 늦게 심장이 펄쩍 뛰었다. 너무 큰 금액이라 실감이 나지 않았기 때문이다.

"그 이하로는 응하지 않겠습니다. 이제 됐나요?"

"하루토 씨의 유산이 얼마나 되는지 아십니까? 절반을 드려도 그 금액이 안 되는데……."

"작곡한 곡의 저작권료는 앞으로도 들어올 텐데요. 불만이 있으시다면 이 이야기는 여기까지 하죠."

다케시가 말문이 막힌 듯 입을 다물었을 때, 어딘가에서 전화벨이 울렸다. 도코의 스마트폰이었다. 잠깐 실례하겠다며 자리를 떴다.

"미안해요. 우리 언니는 돈 얘기만 나오면 칼같거든요." 사치는 남 얘기하듯 말했다.

"역시 세무사라고 할까요. 결혼은 하셨습니까?"

"아쉽게도 아직 독신이에요. 어디 괜찮은 사람 없나. 가미오 씨는 결혼하셨어요?"

"가정이 있는 사람처럼 보인다면 영광입니다."

"그럼 딱 좋네요. 저래 봬도 언니 음식 솜씨가 끝내주거든요."

"귀중한 정보로군요." 의례적인 미소를 지으며 실내를 돌아보던 다케시의 시선이 멈췄다. 천천히 자리에서 일어나 한 점에 시선을 고정한 채 이동했다. 그가 응시하는 곳은 선반 위였다. "이게 뭡니까?"

거기에는 기묘한 물건이 놓여 있었다. 크기는 50센티미터쯤 됐는데 모양은 누에콩을 닮았다. 색깔은 연한 핑크색이었다. 소재는 종이일까.

"베개예요." 사치가 일어나 그 물건을 집었다. "천사의 무릎베개."

"천사의?"

"이러고 있으면 천사의 무릎을 벤 것처럼 마음이 편안해져요." 사치는 베개를 제 뺨에 대고 눈을 감았다. "갖가지 고민이 사라지죠."

"멋지네요. 어디서 구하셨습니까?"

"비밀." 사치는 장난스레 웃었다.

도코가 돌아왔다. "뭐 해?"

"가미오 씨에게 보물을 자랑하고 있었어." 사치는 베개를 선반에 되돌려 놓았다.

다케시는 허리를 펴고 모치즈키 자매를 번갈아 봤다.

"이야기를 잘 마칠 수 있어서 다행이군요. 두 분 의향은 도미나가 씨 부부께 전달하겠습니다. 다음에 만나 뵐 때는 서로에게 건설적인 제안을 할 수 있을 것 같군요."

"기대되네요. 그렇지?" 사치는 힘주어 고개를 끄덕이더니 언니에게 동의를 구했다. 하지만 도코는 무표정했다.

"다음 달에 출산하신다고 들었습니다."

"네."

"예정일은 언제입니까?"

"30일인데요."

"어느 병원이십니까?"

사치가 의아해하는 표정으로 고개를 기울였다.

"왜 그런 걸 물으시죠? 그런 사적인 얘기를."

"그냥 여쭤봤습니다. 그나저나 후미카 씨와 요즘 안 만나십니까?"

"하루토 동생 후미카요?"

"다른 후미카 씨가 있습니까?"

사치는 어깨를 으쓱했다.

"후미카하고는 한동안 안 만났고, 연락도 없어요. 역시 좀 불편하겠죠. 후미카가 왜요?"

"아니, 아무것도 아닙니다. 그럼 진전이 있으면 연락 드리겠습니다."

다케시가 눈짓하는 걸 보고 마요도 일어났다.

"정말 괜찮겠어요?" 맨션을 나온 뒤 마요는 다케시에게 물었다. "일이 계획대로 흘러가는 것 같지 않은데."

"예상이 빗나가긴 했지. 저 자신감은 어디서 오는 거지? 재판이 무섭지 않나."

"도코 씨라는 사람, 만만치 않아 보이던데? 사치 씨는 별생각 없는 것 같았지만."

"아니, 내가 보기에는 도코가 훨씬 다루기 쉬울 거야. 냉정해 보이지만 감정적인 부분도 있거든. 하지만 사치 씨에게서는 그런 게 느껴지지 않았어. 자신만만하고 담이 크지."

"그래요?"

다케시가 그렇게 말하니 분명 그런 것이겠지.

"천사의 무릎베개라……."

"그게 왜요?"

하지만 다케시는 대답하지 않았다. "아무래도 일이
예상보다 훨씬 복잡기괴할지도 모르겠어." 그러고는
매서운 시선으로 먼 곳을 바라봤다.

　다케시의 이야기를 들은 순간, 도미나가 아사코의 얼굴에서 핏기가 가셨다.

　"십억 엔이라니요, 그런 큰돈을 어떻게······. 하루토의 예금에다 아오야마의 맨션을 비싸게 팔아서 그 돈을 합쳐도 부족할 겁니다. 왜 그렇게 터무니없는 금액을 요구하는지 모르겠네요······."

　"음악 출판사에서 하루토 씨가 작곡한 곡을 쓸 때마다 일정한 이용료가 발생하죠. 하루토 씨는 대표작이 많으니, 장기적으로 보면 상속을 포기하는 조건으로 그렇게 억지스러운 요구는 아닐 겁니다." 다케시는 냉정한 목소리로 말하며 찻잔을 받침과 함께 도미나가 아사코 앞에 내려놓았다. 이 가게에 이렇게 묵직한 분위기의 식기가 있다는 걸 마요는 처음 알았다. 찻주전자와 일본차가 있다는 사실만으로도 놀랐는데.

　"그렇게 말씀하셔도 저희가 마련할 수 없는 금액입니다."

　"네, 어느 정도는 예상하고 있었습니다만 저로서도

상상 이상의 금액이었습니다."

"어떻게 해야 할까요. 말씀하신 대로 포기하는 수밖에 없을까요."

"이 문제에 대해 남편분께서는 별말씀 없으십니까?"

마요의 물음에 도미나가 아사코는 얼굴을 찡그리며 손사래를 쳤다.

"그 사람은 못 믿어요. 아는 변호사한테 물어봤더니 방법이 없다는 얘기를 들었다며, 그냥 포기한 상태예요……. 저한테는 놓친 물고기를 쫓는 꼴사나운 짓은 그만두라지 뭐예요."

마요는 도미나가 요시카즈의 얼굴을 떠올렸다. 자존심이 강한 성격인 듯했으니 아들의 유산을 빼앗길 처지라고 해서 이리 뛰고 저리 뛰는 모습을 보이고 싶지 않은 건지도 모른다.

"어쨌거나 아이가 태어나면 친생 부인 소송은 하셔야 합니다. 하지만 걱정되는 건 그 소송이 기각될 가능성이죠. 모치즈키 도코 씨도 말하던데, 과거에는 유전자 검사로 전남편과의 혈연관계가 부정됐더라도 부자관계 변경이 인정되지 않았던 판례도 존재합니다."

"그 건은 어떻게 그런 판결이 난 거예요?" 마요가 물었다.

"판결 요지에 따르면, 친생 추정을 규정하는 민법 772조*는 법적인 부자관계에서 생물학적 부자관계와 일치하지 않는 경우가 발생하는 것도 용인한다고 이해할 수 있다, 라고 적혀 있었어. 하지만 이를 반대한 판사도 있었다니, 요컨대 판사가 어떻게 판단하느냐에 달렸지."

"그게 뭐야. 이상해."

마요는 입을 삐죽였다.

출입문이 열리더니 한 여자가 불안한 표정으로 얼굴을 내밀었다. 그녀를 본 도미나가 아사코가 살짝 손을 들었다.

"다행이다. 간판이 없어서 잘못 찾은 줄 알았어요." 여자가 안으로 들어왔다.

"죄송합니다, 찾기 힘드셨죠." 카운터 안쪽에서 다케시가 고개를 숙였다. "후미카 씨 되시죠?"

"네, 사카가미 후미카입니다." 대답하며 후미카는 어

---

* 한국 민법 제844조 친생추정과 동일한 취지의 규정.

머니의 옆에 앉았다.

마요는 일어나 자기소개를 한 뒤 명함을 내밀었다. 후미카는 명함을 받으며 당혹스러운 낯을 했다.

"죄송합니다. 어머니가 할 얘기가 있다고 해서 오긴 왔는데, 무슨 일인지 자세히 듣진 못했어요. 오빠 집을 리모델링한다고 들었는데, 무슨 문제라도 있나요?"

"그 리모델링 말인데, 중단해야 할 것 같아." 도미나가 아사코가 말했다.

"중단한다고요? 왜요?"

"그게 말이지…… 아휴, 사정이 너무 복잡해서 어디서부터 설명해야 할지 모르겠네."

"괜찮으시다면 제가 사정을 설명하겠습니다."

"그래주시면 감사하죠. 부탁드립니다."

다케시는 사카가미 후미카를 돌아봤다.

"모치즈키 사치 씨를 아시죠? 가까운 친구분이시자 돌아가신 하루토 씨의 전처이신. 그분과 지금도 연락을 주고받으십니까?"

예상하지 못한 이야기였는지 후미카는 놀란 얼굴로 눈을 깜빡거렸다.

"최근에는 별로……. 반년 전쯤에 통화했던 게 마지막이었을 거예요."

"반년 전이라면 하루토 씨가 돌아가시기 전이군요."

"네. 사치가 메시지를 보냈거든요……."

"어떤 내용이었습니까? 모치즈키 씨가 임신하셨다는 얘기도 하셨습니까?"

후미카는 네, 하고 고개를 끄덕였다.

"네, 그 소식을 전하는 내용이었어요. 아이를 가진 것 같다고……."

"너는 왜 그 얘기를 안 했니?" 도미나가 아사코가 비난의 눈길로 딸을 노려봤다.

"엄마가 들어서 기분 좋을 얘기도 아니잖아. 시기적으로 봐서 오빠하고 이혼이 성립한 시기에 아이가 생긴 건지 아닌지도 모를 일인데. 하지만 사치는 새 남자친구하고 잘 지내는 것 같아서 우리하고는 상관없는 일이라고 생각했어. 오빠하고 결혼 생활이 그렇게 된건 유감이지만, 다른 형태로 행복해질 수 있으면 그러는 게 좋지 않겠어."

"너도 정말 태평하다. 상관이 없기는 왜 없니, 없기는

커녕……." 거기까지 말하다 도미나가 아사코는 입을 다물었다.

"없기는커녕? 그게 무슨 소리야?" 후미카의 안색이 바뀌었다. "사치가 왜?"

도미나가 아사코는 도움을 요청하듯 다케시를 쳐다봤다.

"모치즈키 씨는 아이 아버지에 대해서 어떻게 말씀하시던가요?"

"어떻게라니요……."

"아버지가 누구라던가요?"

그건…… 후미카는 잠시 생각에 잠겼다.

"솔직히 자기도 모르겠다고 했어요. 지금 만나는 사람 아이일지도 모르고, 오빠 자식일 가능성도 있다고……."

뭐 그런 애가 다 있는지, 하고는 도미나가 아사코가 표정을 구겼다.

"출생 신고를 하면 법적으로는 하루토 씨의 자녀가 됩니다." 다케시가 말했다. "그 점을 알고 있던 것 같던가요?"

"그 얘기는 들었어요." 후미카는 이해가 간다는 듯 고개를 끄덕였다. "오빠하고 상의해서, 아이가 태어나면 유전자 검사를 해서 친부가 누구인지 밝히면 된다고 결론을 냈대요. 남자 친구도 거기 동의했다고 하니 문제없는 줄 알았는데요."

"문제가 없기는, 지금 난리도 아니야." 도미나가 아사코의 목소리가 매서워졌다. "이대로 가다가는 하루토의 유산을 전부 그 애가 가져가게 생겼다고. 아오야마 맨션도."

"어? 정말?"

"모치즈키 씨 측에서 도미나가 씨에게 연락을 했다는군요. 아이 아버지가 하루토 씨라고. 그렇게 되면 모치즈키 씨가 아이의 법정상속인입니다."

후미카는 입을 가리며 중얼거렸다. "그런 얘기는 처음 들어요……."

"너한테는 말 안 했어. 책임을 느낄까 봐. 하지만 문제를 해결하려면 너한테도 말하는 게 좋겠다고 가미오 씨가 말씀하셔서, 다 얘기하는 거란다."

"그랬구나……." 후미카는 고개를 떨궜다.

천사의 선물

"처음부터 유산을 노린 건 아니겠지. 임신한 시점에서는 하루토가 살아 있었으니까." 도미나가 아사코가 말했다. "하지만 하루토가 죽고 나서 마음이 바뀐 거야. 챙길 수 있는 건 챙기자는 마음이 들었겠지. 그런 거야."

"미리부터 단정 짓지 마. 뭔가 사정이 있겠지."

"유산 말고 무슨 사정이 있다는 거니?"

"알았어요. 내가 본인한테 확인해 볼게요." 후미카는 가방에서 스마트폰을 꺼냈다. 익숙한 동작으로 전화를 걸자, 금방 연결됐다. "여보세요, 사치야? 응, 오랜만이야. 실은 할 얘기가 있어서."

후미카는 자리에서 일어나 스마트폰을 귀에 댄 채 가게를 나섰다. 밖에서 통화하려는 것 같았지만, 마요에게는 들리지 않았다.

다케시는 카운터에서 술잔을 닦고 있었다. 도미나가 아사코는 빰을 괴고 있었다.

이내 후미카가 돌아왔다.

"모치즈키 사치 씨는 뭐라고 하시던가요?"

"여러모로 생각한 끝에 오빠 아이라고 정했대요. 그

게 태어날 아이를 위해서도 제일 좋은 것 같다고." 후미카는 심호흡을 하더니 말을 이었다. "유산을 노린 거라고 생각할지도 모르지만, 그래도 상관없대요."

도미나가 아사코는 천천히 고개를 저었다. "그거 봐라, 돈 앞에서는 사람이 얼마나 달라지는데."

"하지만 어쩔 수 없는 거 아니야? 진짜로 오빠 자식일지도 모르잖아."

도미나가 아사코가 눈을 부릅떴다. "자식일지도 모르니까 하루토의 전 재산을 넘기라는 거니?"

"나한테 말해봤자 무슨 소용이야……." 후미카는 스마트폰을 봤다. "벌써 시간이 이렇게 됐네. 슬슬 병원에 가봐야겠어요……."

"아드님이 입원했다고 하셨죠." 전에 들은 이야기를 떠올리고 마요가 말했다.

"네. 엄마, 미안한데 내가 어떻게 할 수 있는 일이 아닌 것 같아. 오빠한테 사치를 소개한 것에 책임을 느끼긴 하지만, 일이 이렇게 될 줄은 꿈에도 몰랐어."

"그렇겠지. 됐다. 네 잘못도 아닌데. 소타가 엄마 찾을 테니 빨리 가봐."

아들의 이름이 소타인 모양이다.

후미카는 알겠다며 일어나 다케시와 마요에게 고개를 숙였다. "도움이 못 돼서 죄송합니다."

"저희에게 죄송하실 필요는 없죠." 다케시가 말했다. 마요도 같은 마음이었다.

후미카는 어깨를 떨구고 문을 나섰다.

도미나가 아사코는 크게 한숨을 내쉬었다. "이제 재판에 희망을 거는 수밖에 없겠네요."

아뇨, 다케시는 그렇게 말하더니 집게손가락을 세웠다. "그전에 해둘 일이 있습니다. 도미나가 씨, 이용하셨다던 흥신소 연락처를 알려주시겠습니까?"

"흥신소…… 요? 알려드릴 수는 있는데 왜……?"

"물론 조사를 의뢰하기 위해서죠. 그 결과에 따라서는 상황이 전혀 달라질지도 모릅니다." 다케시는 의미심장한 미소를 짓더니 뭔가 꿍꿍이가 있는 눈빛으로 허공을 올려다봤다.

6

내가 마법사인 줄 아나?

리모델링이란 블록 놀이와 비슷하다. 무수한 블록이 있고 모양도 제각각이라 이보다 더 즐거운 작업이 있을까. 고객의 니즈를 충족시키며 제 취향을 넣어 이상적인 집을 만들면 된다. 하지만 일반적으로 그런 경우는 거의 없다. 블록의 수는 한정돼 있으며 모양도 대체로 울퉁불퉁하다. 그런 블록을 조합해 고객의 바람을 최대한 이루려 하지만 그 수고는 좀처럼 상대에게 전해지지 않는다. 전혀 전해지지 않는다고 해도 과언이 아니다.

눈앞에 있는 부부는 지금 사는 낡은 맨션을 리모델링하고 싶다고 했다. 반가운 이야기였지만, 리모델링을 하면 좁은 집이 넓어진다고 착각하고 있다는 점이 골치 아팠다. 거실을 더 넓게 빼고 싶다, 주방에 아일랜드 식탁을 넣고 싶다, 서재가 필요하다, 저기요, 베란다 밖에 하늘을 나는 양탄자라도 깔라는 건가요. 거기서 그치지 않고 화장실 위치를 바꾸고 싶다고? 물이란 위

에서 아래로 흘러내리는 건데, 물 쓰는 곳을 바꾼다는
게 그렇게 간단한 일이 아닙니다. 배관 공사를 다시 하
는 엄청나게 큰일이라고요.

그렇다고 이런 속내를 드러낼 수도 없어서 의례적인
미소를 지으며 다음번 미팅까지 검토해 보겠다고 답했
다. 흡족한 얼굴로 자리를 뜨는 부부를 배웅한 뒤 힘없
이 고개를 떨궜을 때, 스마트폰이 울렸다. 화면을 보고
가슴이 철렁했다. 도미나가 아사코였다. 조금 우울해
졌다. 무슨 일인지 대충 짐작이 갔다.

"네, 가미오입니다."

"안녕하세요. 바쁜데 미안해요."

"별말씀을요. 그 일로 연락 주신 거죠?"

"맞아요. 벌써 다음 주잖아요. 그 뒤로 어떻게 됐나
해서요."

"연락을 못 드려서 죄송합니다. 삼촌이 아직 아무 말
없어서요."

"흥신소에 조사를 의뢰한다고 하셨는데, 그 결과는
어떻게 됐나요? 뭐 들은 거 있어요?"

"아뇨, 전 아무것도……. 일단 삼촌에게 연락해 보겠

습니다. 뭔가 있으면 바로 전화 드릴게요. 심려를 끼쳐
죄송합니다."

"가미오 씨가 미안해할 일은 아니죠. 알겠어요. 조금
더 기다릴게요."

"감사합니다. 꼭 연락드리겠습니다."

"부탁해요."

전화가 끊어진 것을 확인하고 마요는 스마트폰을 내
려놓았다. 온몸에서 식은땀이 흘러내렸다. 생각해 보
면 참으로 이상한 일에 끼어들었구나 싶었다. 고객이
아무리 소중할지언정 남의 일이라 생각하고 관심을 꺼
도 됐을 텐데.

그나저나 삼촌은 대체 뭘 하는 거지. 몇 번이나 전화
를 걸고 메시지를 보냈는데도 도무지 답이 없었다. 어
젯밤에 가게로 직접 찾아가 보았다가 임시 휴업 팻말
이 걸려 있는 것만 보고 돌아왔다.

스마트폰을 들었다. 어차피 소용없다고 생각하면서
다케시에게 메시지를 보내려던 찰나, 전화가 걸려왔
다. 다케시였다.

"삼촌, 대체 어떻게 된 거야." 전화를 받자마자 물었다.

"갑자기 무슨 소리냐."

"무슨 소리냐니. 그동안 어디 숨었던 거예요? 연락이 안 돼서 얼마나 난감했는지 알아요?"

"귀 떨어지겠다, 잔소리 좀 그만해. 해야 할 일도 많고 가봐야 할 곳도 있었어."

"해야 할 일이 뭔데요. 가봐야 할 곳이 어딘데."

"그걸 설명하려고 전화한 거잖아. 다음 주 30일은 비워뒀지?"

"30일?"

"화요일이다."

"평일이잖아. 무슨 일인데요? 처음 듣는데."

"그럴 리가. 모치즈키 사치의 집에서 들었을 텐데. 출산 예정일이잖아."

앗, 마요는 나지막이 외쳤다. "그랬죠."

"휴가를 내. 그날 우리도 병원 근처에서 대기한다. 새 생명의 탄생과 그 행방을 좇을 테니 그런 줄 알아."

"네? 잠깐만. 그게 무슨 소리예요?" 마요는 황급히 물었지만 이미 전화는 끊어진 뒤였다.

7

도쿄역 야에스 중앙 출구.

다케시가 건넨 신칸센 티켓을 보고 마요는 중얼거렸다. "말도 안 돼. 병원에 간다고 해서 도쿄인 줄 알았는데 나고야라니."

"나한테 뭐라고 해도 소용없다. 내가 병원을 고른 것도 아니니."

"병원 이름이 뭐예요?"

"난세이 의과대학병원. 의대 중에서도 꽤 상위권 대학이지."

"그런 건 상관없어요. 왜 모치즈키 사치 씨는 그곳에서 출산하는 거죠? 다른 병원도 많은데."

"그 병원이 아니면 안 될 이유가 있어서지. 차차 알게될 거다. 잠자코 따라오기나 해."

밀리터리 재킷 차림의 다케시는 성큼성큼 걸음을 옮겼다. 마요도 황급히 뒤를 따랐다.

승강장으로 내려가자 '노조미'가 정차해 있었다. 좌석을 확인하려고 티켓을 확인하던 마요는 눈을 뒤집으며 외쳤다.

"아니, 왜 자유석*이야?"

"도쿄역에서 출발하는 차를 타는데 자유석으로 충분하지. 열차를 고를 수 있으니까."

두 사람은 2호차에 올라탔다. 예상대로 사람이 많아서 붙어 있는 빈 좌석은 없었다. 마요는 여자 둘이 앉은 3인용 좌석 끝에 앉았다. 뒤를 돌아보자 다케시는 회사원으로 보이는 남자 옆에 앉아 일찌감치 눈을 감고 있었다.

한 시간 반쯤 지나 '노조미'는 나고야역에 도착했다. 시간은 11시를 지나고 있었다.

역 앞에서 택시를 탔다. 하지만 다케시는 기사에게 난세이 의과대학병원으로 가달라고 하지 않았다. 대신 처음 듣는 역 이름을 말했다. 대체 어디로 갈 작정인지. 하지만 택시 안에서 다케시는 계속 말이 없었다.

15분쯤 지나서 다케시는 택시를 세웠다. 차에서 내린 다케시는 비즈니스호텔로 보이는 건물로 들어갔다. 이윽고 체크인을 하려고 프런트로 걸어갔다.

* 좌석을 지정하지 않은 티켓으로 지정석보다 값이 저렴하다.

"병원에 가는 거 아니었어요?"

카드키를 받아 온 다케시를 향해 마요가 물었다.

"당연히 가야지."

"하지만 여긴……."

다케시는 마요의 코끝을 가리켰다.

"계획 출산이라고 해서 언제 태어나는지 시간까지 정해진 건 아니지. 사람에 따라서는 반나절 이상 걸리기도 한다니까. 곧바로 병원으로 직행한들 기다릴 곳이 없잖아."

"병원은 여기서 가까워요?"

"걱정 안 해도 바로 코앞이다."

객실은 트윈 베드룸이었다. 다케시는 재킷도 벗지 않고 침대에 누웠다. 또 자려는 건지 눈을 감고 있었다.

"하지만 언제 태어날지 모른다면서요. 아이가 태어난 건 어떻게 확인해요?"

"그런 건 신경 안 써도 돼."

"어떻게 신경을 안 써. 누가 알려주는 거예요?"

"뭐, 비슷하다."

"누가? 병원에 아는 사람 있어요?"

천사의 선물

"말이 많네. 쓸데없는 일에 신경 쓸 겨를 있으면 밥을 먹든 잠깐 눈이라도 붙여라. 아이가 언제 태어날지 모르니까."

아닌 게 아니라 그랬다. 마요는 책상 위를 보았다. 배달 주문을 할 수 있는 가게 전단이 놓여 있었다. 무릎에 놓고 펼쳤다.

"그러고 보니 배고프네. 음, 피자나 먹을까. 삼촌은?"

"난 오는 길에 도시락을 먹었다."

"뭐라고요? 어느 틈에?"

"누가 침 흘리고 자는 동안에."

"무슨 소리예요, 누가 침을 흘렸다고⋯⋯."

마요는 전화벨 소리에 입을 다물었다. 다케시는 벌떡 일어나 재킷 안주머니에서 스마트폰을 꺼냈다.

"가미오입니다. ⋯⋯ 네⋯⋯ 네⋯⋯ 아, 그렇습니까." 다케시의 표정이 매서워지더니 이내 침울해졌다. 마지막에는 목소리를 낮춰 "알겠습니다. 일부러 알려 주셔서 감사합니다"라고 말한 뒤 전화를 끊었다. 하지만 마요 쪽을 보려 하지 않고 스마트폰을 쥔 채 골똘히 생각에 잠겨 있었다.

삼촌, 하고 마요는 말을 걸었다.

"왜 그래요? 아이 태어났다는 연락 아니에요?"

다케시는 후, 하고 숨을 내쉬었다. "맞아, 태어났대."

"역시 그렇구나. 생각보다 빨랐네요. 이제 재판이 어떻게 될지에 달렸네요."

하지만 다케시는 대답하지 않고 침대에서 일어났다. "가자."

네, 하고 대답하며 마요는 전단지를 책상에 내려놓았다.

호텔을 나와 난세이 의과대학병원으로 갔다. 걸어가는 동안 다케시는 아무 말도 하지 않았다. 아이가 태어나 이제 모치즈키 자매와의 싸움이 본격적으로 시작되려는 차이니 이리저리 머리를 굴려 작전을 짜는 것이겠지.

병원은 규모가 컸고 크림색 건물은 새것 같았다. 안내 데스크도 깨끗했고 접수처에 있는 여직원도 세련돼 보였다.

다케시는 거침없이 다가가 엘리베이터를 탔다. 병원 구조만 아니라 면회 수속 같은 것도 파악하고 있는 것 같았다. 마요는 그저 그 뒤를 따랐다.

4층에서 내렸다. 바로 앞에 간호사실이 있었다. 다케시는 접수대에 있던 간호사와 대화를 나눈 뒤, 마요 쪽으로 돌아왔다.

"만나줄지 물어봐 달라고 했어. 쫓아내지는 않을 것 같지만, 단언은 못 하겠군."

"무사히 아이를 낳고 행복의 절정에 있을 때 우리 얼굴 같은 건 보고 싶지 않을지도 모르죠."

가미오 씨, 하고 카운터에서 간호사가 말을 걸어왔다. 다케시가 가서 조금 더 이야기를 나눈 뒤 돌아왔다.

"만나주겠대."

"다행이네요."

아이도 볼 수 있을까. 마요는 그런 생각을 했다. 은근히 기대감이 들기도 했다.

간호사가 안내한 곳은 병실이 아니라 면회실이었다. 탁자와 의자 여러 개가 놓여 있었다. 이런 곳에서 막 출산을 마친 모치즈키 사치와 만나도 되는 걸까. 마요는 의아했다.

누가 들어오는 기척이 나서 출입문을 보았다. 나타난 여성을 보고 숨을 삼켰다. 모치즈키 사치가 아니었다.

"후미카 씨……." 마요는 눈을 깜빡였다. "어떻게 오신 거죠?"

후미카는 당혹스러운 표정으로 두 사람을 바라봤다.

"그 이유를 알고 있어서 절 만나러 오신 게 아니었나요?"

"조카는 아무것도 모릅니다." 다케시가 말했다. "이번 일은 유감입니다."

"다 아시는군요."

"다라고 표현하는 건 좀 어폐가 있군요. 그저 당신과 모치즈키 사치 씨가 무엇을 하려는지는 대충 짐작이 갑니다. 사치 씨도 지금쯤 안타까워하고 계시겠군요."

"네, 아마도요. 아이를 안아보고 싶다고 기대했었는데. 품에 안고 체온을 느끼고 싶다고. 그리고 첫 울음소리도 듣고 싶다고."

"태어나기 직전에 심장이 멎었다고 들었습니다."

"그렇다는군요."

"네? 어떻게 된 일이에요? 무사히 태어난 거 아니었어요?"

"사치 씨의 아이는……." 다케시는 매듭을 짓듯 고개

천사의 선물

를 끄덕이며 말했다. "무뇌증이었어. 설령 태어나더라
도 오래 못 살 운명이었지."

8

품에 안은 아이에게서는 희미하게 온기가 느껴졌다. 하지만 그걸 느낄 수 있었던 건 아주 찰나에 불과했다. 아이의 몸은 금방 싸늘하게 식었다. 그래도 히로유키는 부드럽고 가볍네, 하고 아이를 안으며 웃었다.

"미안해." 사치는 아이의 아버지에게 말했다. "무사히 낳고 싶었는데."

"괜찮아." 히로유키는 눈을 가늘게 떴다. "운명이겠지."

갓난아이를 간호사에게 건넨 뒤, 히로유키는 사치의 손을 잡았다. "고생했어. 힘들었지?"

"장례식을 치러야겠네."

"그래, 퇴원한 뒤에 준비하자."

어느샌가 간호사들은 나간 것 같았다. 마음을 써준 것일지도 모른다.

연인의 손을 잡은 채 사치는 지난 몇 달간 있었던 일을 돌이켜 봤다. 추억의 시작점에서 사치는 아직 도미나가 하루토의 아내였다.

사치는 하루토와의 결혼을 조금도 후회하지 않았다.

천사의 선물

오래가지는 않았지만, 그에게 받은 것이 많았고 자신 역시 많은 것을 주었다. 이혼한 뒤에도 좋은 관계로 지낼 수 있기를 바랐다. 실제로 통화도 여러 번 했다. 장난스레 농담을 주고받은 적도 있었다.

임신 사실을 안 건 정식으로 이혼하고 얼마 지나지 않아서였다. 물론 하루토의 아이가 아니라는 건 알고 있었다. 히로유키에게 말하자 무척이나 기뻐했다. 만세를 부르며 방방 뛰었다. 그리고 아이가 태어나기 전에 결혼하자고 했다.

하루토에게도 임신했다는 소식은 전했다. 친생 추정 제도를 알고 있었기 때문이다. 그에게 폐를 끼칠 수는 없었다.

하루토도 기뻐해 줬다. 자기 때문에 인생을 돌아가게 된 셈이니, 이걸로 마음이 놓인다고 말해줬다. 그건 진심에서 우러나온 말이었다고 생각한다.

후미카도 기뻐해 줬다. 두 사람의 우정은 변함없었다. 하루토와 만나게 해준 것에도 감사하고 있었다. 제일 친한 친구가 시누이가 되다니, 꿈같은 일이었다. 오히려 결혼 생활을 계속하지 못해서 미안한 마음이 컸다.

후미카에게도 히로유키를 소개했다. 친구를 잘 부탁해요, 행복하게 해주세요. 후미카의 말을 들으며 눈물이 날 정도로 기뻤다.

그때까지는 좋은 일이 이어졌다. 주변 사람들의 인생은 모두 좋은 방향으로 나아가고 있다고 믿었다. 하지만 비극이란 늘 보이지 않는 곳에서 갑작스레 닥쳐온다.

하루토의 죽음은 충격이었다. 말로 다 할 수 없을 만큼 큰 슬픔에 빠졌다. 장례식에 참석하고 싶었지만 가지 못했다. 유족들이 사치가 임신했다는 사실을 알면 분명 불쾌해할 거라 생각했기 때문이었다.

나쁜 일은 거기서 멈추지 않고 사치의 소중한 사람에게도 닥쳤다. 초음파 검사에서 배 속 아이가 무뇌증이라는 사실이 밝혀진 것이다.

아마 출산일까지 살지 못할 것이다, 출산하더라도 순식간에 사망할 것이다, 의사로서는 중절을 권할 수밖에 없다고 했다.

도저히 입이 떨어지지 않았지만 숨길 수도 없어서 종일 운 다음 히로유키를 집으로 불러 슬픈 소식을 전했다.

천사의 선물

하는 수 없지. 히로유키는 그렇게 말해줬다. 오늘까지 즐거웠어. 좋은 꿈을 꿨다고 생각하고 포기할게. 그렇게 말하며 사치를 안아줬다. 그에게 안기며 사치는 그럴 수밖에 없다고 생각했다.

하지만 이대로 포기할 수 없었다. 지푸라기라도 잡는 심정으로 무뇌증에 관해 샅샅이 조사했다. 그러다 발견한 것이 장기 이식이라는 단어였다. 무뇌아는 뇌만 없을 뿐, 다른 장기에는 전혀 문제가 없는 경우가 많아서 해외에서는 장기 이식에 성공한 사례가 있었다. 아이의 장기를 기증할 수 있어서 다행이라고 만족해하는 부부의 사연도 읽었다.

태어난 아이가 살 가망은 없어도 그 신체 일부가 이 세상 어딘가에서 살아간다…… 그건 멋진 일이 아닐까.

한번 생각이 거기에 미치자 머릿속을 가득 채워 밤에도 잠이 오지 않았다. 중절해서 생명을 빼앗는 일은 절대로 할 수 없었다.

사치가 결심을 굳히게 해준 사람이 또 있었다. 후미카의 아픈 아들 소타였다. 태어날 때부터 심장병을 앓은 소타는 오래 살 수 없다는 진단을 받았다. 아이를 살릴 방법은 심장 이식뿐이었다. 하지만 어린이 공여자는 거의 없어서 조금이라도 성공률을 높이려면 외국으로 가는 수밖에 없었다. 하지만 요즘은 그 방법도 타국에서 비난의 목소리가 이어진다고 했다. 큰돈을 써서 남의 나라 귀중한 어린이의 장기를 사는 셈이니 그런 소리를 듣는 것도 이해가 갔다. 그리고 외국으로 나간들 금방 공여자가 나타난다는 보장도 없었다. 심장 이식을 하기 위해서는 어딘가에서 어린이가 뇌사해야 한다.

사치는 계속 후미카에게 힘이 돼주고 싶다고 생각했다. 소타도 갓난아이일 때부터 봐왔다. 그리고 짧은 기간이기는 했지만 소타는 시조카였다. 배 속 생명으로 그들에게 도움이 된다면 어떻게 해서라도 아이를 낳고 싶었다.

하지만 문제는 후미카가 어떻게 생각하느냐였다. 어느 날, 후미카를 불러서 제 생각을 말했다. 후미카는 경악했다. 사치의 배 속 아이가 무뇌증이라는 사실만으로 충격적인데 심장 이식 이야기까지 했으니 그럴 법도 했다.

그 사람하고 상의해 볼게. 후미카는 그렇게 말했다.

물론 남편을 말하는 것이었다. 사치는 그렇게 하라고 대답했다.

얼마 후, 후미카는 남편을 데리고 사치를 찾아왔다. 두 사람이 상의 끝에 내린 결론은, 만일 가능하다면 아들에게 이식받게 해주고 싶다는 것이었다.

이제 망설임은 없었다. 사치는 주치의와 상의했다. 의사는 놀랐지만, 전혀 예상치 못한 일은 아니었던 모양이다. 태아가 무뇌증이라는 진단을 받은 부부 중에는 장기 기증을 검토하는 사람들도 적지 않다고 했다.

주치의는 결심이 확고하다면 소개하고 싶은 사람이 있다고 했다. 그것이 난세이 의과대학의 미야케 아키노리 교수였다. 미야케 교수는 해외에서 심장 이식 수술을 여러 건 집도했으며, 무뇌아의 심장 이식에서도 전문가라고 했다. 기증자가 극단적으로 적은 일본에서는 더욱 논의돼야 할 사안이라는 생각을 하는 인물로, 관련 논문도 여러 편 발표했다.

사치는 소견서를 들고 히로유키와 둘이서 나고야의 난세이 의과대학으로 미야케 교수를 찾아갔다.

사치의 이야기를 들은 미야케 교수는 기꺼이 돕겠다

고 말했다. 하지만 조건이 있습니다, 당신의 굳센 의지입니다. 그렇게 덧붙였다. 국내에서는 실질적으로 인가되지 않은 수술이라 넘어야 할 산이 많다. 수술 사실이 알려지면 사회적인 비난을 받을 우려도 있다. 그 모든 걸 견딜 수 있겠느냐고 물었다.

사치는 견뎌내겠다고 대답했다. 중절 수술을 해도 결국은 태아가 죽는 건 마찬가지 아닌가. 그렇다면 그 생명을 소중한 사람을 돕는 데 쓰고 싶다고 생각했다. 사치에게 망설임은 없었다.

사치의 굳은 의지를 확인한 미야케 교수는 수술 준비를 시작했다. 출산부터 이식 수술까지 그가 근무하는 병원에서 할 수 있도록 했다. 하지만 일절 공표해서는 안 된다. 관계자 말고는 절대로 알려서는 안 된다고 단단히 못을 박았다.

큰 문제가 있었다. 원칙적으로 장기 이식 수혜자를 고를 수 없다는 것이었다. 그뿐 아니라 어디 사는 누구에게 이식됐는지도 알려주지 않는다는 게 장기 이식의 규칙이었다. 이식을 받는 쪽도 공여자가 누구인지는 알려주지 않는다고 했다.

천사의 선물

만일 세상에 수술 사실이 알려질 때에도, 의학적 부분에 관한 판단은 최종적으로 의사가 책임지면 된다. 하지만 특정 인물을 수혜자로 지정하기 위해서는 나름대로 법적 근거가 필요했다.

간단한 해결 방법이 있었다. 장기 공여자가 수혜자로 친족을 지정할 경우에는 그 친족이 우선시된다는 예외 조치가 있었다. 한마디로 소타가 배 속 아이의 친족이면 되는 것이다.

기실 배 속 아이는 사치와 히로유키 사이의 자식이니 소타와는 생판 남이다. 하지만 태어난 시점에서는 하루토의 자식으로 인지되니 소타와는 친족 관계가 된다. 이식 수혜자로 소타를 지정할 수 있다. 후생노동성*에서는 친족의 범위를 '배우자, 자녀 및 부모'로 한정하고 있지만, 어차피 가이드라인에 불과하다. 애초에 그 가이드라인에는 '정신질환자, 지적장애인의 장기는 적출, 이식하면 아니 된다'라고 되어 있고 그들의 정의에 따르면 무뇌증아는 지적장애인에 해당한다. 한마디로 사치의 계획은 처음부터 가이드라인을 무시한 수술인 것

* 우리나라의 보건복지부에 해당하는 일본의 중앙행정기관.

이다.

그러나 계획을 실행하면 친생 부인은 할 수 없다. 태어난 아이는 영원히 하루토의 자녀가 되는 것이다.

고민 끝에 히로유키에게 사정을 설명했다. 그는 빠르게 결단을 내렸다. 그래도 좋다고 했다. 공공기관의 서류에 누구의 자녀로 기재되든 상관없다. 우리 아이가 한 생명을 구했다. 그렇게 생각하면 된다고.

그 말에 감격한 사치는 그를 와락 끌어안았다.

상의한 사람 중에 유일하게 반대한 게 언니 도코였다. 동생이 장기 기증이라는 목적을 위해서 아이를 낳는 걸 원치 않는다, 애초에 남남이 됐으니 그 집 사람들이 어떻게 되든 상관없지 않냐고 딱 잘라 말했다. 사치가 애원하자 그럴 거면 조건이 있다고 말했다. 아이 아버지를 하루토로 할 거면, 유산을 요구하자는 것이었다. 생명을 공여하는 것이니, 그 정도는 받아도 당연하다고 했다. 거기다 만일 받아들이지 않는다면 계속 반대할 것이고, 법에 저촉될 수도 있는 수술을 한다는 사실을 SNS에 폭로하겠다고까지 말했다.

정보 누설만은 절대로 피해야 했다. 하는 수 없이 조

건을 받아들이기로 했다. 실은 후미카도 도코와 같은 생각이라고 했다. 사치와 아이에게도 오빠 유산을 물려받을 자격이 있다고 말해줬다.

문제는 하나 더 있었다. 하루토의 부모에게는 계획을 알리지 않았다. 하지만 사치가 하루토의 아이를 가졌다는 도코의 연락을 받고 무척 당황한 모양이었다. 사실대로 말해야 할지 고민했지만, 후미카가 그러지 말라고 말렸다. 수술의 성공 여부도 확실치 않은데, 만일 잘못되면 더한 충격을 받는다는 것이었다.

이렇게 사태는 대충 수습됐다. 남은 건 출산일을 기다리는 것뿐이었다. 사치는 아이가 무사히 태어나기만을 기도했다. 그리고 하루, 아니 한 시간이라도 좋으니 살아 있어주기를 간절히 빌었다.

9

눈앞에 놓인 잔에는 붉은 액체가 들어 있었다. 이게 뭐예요, 하고 마요는 카운터 안에서 셰이커를 닦는 다케시에게 물었다.

"선입견은 혀를 무디게 만들지. 일단 마셔봐."

네, 대답하고 칵테일 잔을 들어 한 모금 입에 머금고 향을 즐기며 목으로 넘겼다.

"어때?"

"맛있어." 마요는 말했다. "과일 향이 풍부한데 의외로 도수가 높네. 진 베이스인가? 존재감을 내뿜는 건 카시스?"

"호오, 의외로 예리한걸. 혀가 무딘 앤 줄 알았는데."

"바보 취급 마요. 소믈리에를 꿈꿨다는 얘기 전에 안 했나?"

"꿈은 누구나 꿀 수 있지."

"거짓말 아니거든요. 다사키 신야*가 감수한 통신 강의를 들은 적도 있다고요. 그보다 이거 무슨 칵테일이

* 아시아인 최초의 국제 소믈리에 대회 우승자.

에요?"

"르카도드랑주."

"루, 카……?"

"르카도드랑주."

"다시 말해줘요."

"어차피 못 외울 건데 뭣 하러. 그보다 무슨 볼일이 있어서 온 거 아니냐?"

"맞다. 설명을 못 들은 것 같아서요."

"설명? 무슨 설명?"

"어떻게 진상을 알아챘는지요. 아마 뭔가 단서가 있었을 텐데, 아무리 생각해도 모르겠더라고요. 나도 계속 같이 있었는데."

"네 주의력은 평균 이하라니까."

"허, 그렇게 알기 쉬운 힌트가 있었다고요?"

"뭐, 알기 쉽지는 않았지. 여기를 쓸 필요가 있거든."

"사람 열받게 하는 소리 그만하고, 빨리 답을 알려줘요. 이제 멘탈리스트도 아니면서."

"하는 수 없군. 가르쳐 주지." 다케시는 두 손으로 카운터를 짚었다. "사치 씨의 배 속 아이에게 뭔가 문제가 있을지도 모른다는 걸 알아챈 계기는 그 집에서 본 그 기묘한 장식품이었어. 사치 씨는 천사의 무릎베개라고 했지만, 베개라고 하기엔 이상하다고 생각했지. 부드러운 질감은 아닌 것 같았고, 무엇보다 옆에 이음선이 보였거든."

"이음선이요?"

"그러니까 베개라기보다는 용기처럼 보였어. 그렇게 생각하며 뺨에 그걸 대고 눈을 감는 사치 씨의 얼굴을 보다 보니 번득이는 게 있었지. 혹시 요람이 아닐까. 천사의 요람. 한마디로 아이를 재우기 위한 물건이야. 크기도 비슷했지. 하지만 요람이라면 뚜껑은 필요 없어. 잘못 짚었나 했지만, 뚜껑이 필요한 요람도 있다는 사실이 떠오르더군. 하지만 그 경우 요람이라 부르는 건 적절치 않지. 보통 그런 건 관이라 부르거든."

아…… 마요는 침음을 삼켰다. "아기의 관……."

"나중에 인터넷에서 검색했더니 같은 물건이 나오더군. 디자인이나 크기를 세세하게 지정할 수 있는 모양이야. 그때 확신했지. 사치 씨는 출산할 작정이지만, 아이의 수명이 길지 않다는 걸 알고 있는 것 같다는 걸.

아마도 태아에게 치료 불가능한 선천성 이상이 있다는 사실을 의사에게 들었겠지."

"거기까지 알아냈으면서 왜 안 알려줬어요?"

"거기까지 알아낸 게 아니라, 거기까지밖에 알아내지 못했으니까. 오래 살지 못하는 아이를 출산하려는 이유는 뭔가? 사치 씨의 목적을 알아낼 필요가 있었어. 명확하게 밝혀지지도 않았는데 너한테 얘기했다가 도미나가 부인의 귀에 들어가기라도 하면 일이 복잡해질 뿐이니까."

"비밀이라고 말해줬으면 함부로 말 안 했을 거거든요." 마요는 입을 삐죽였다.

"그 말을 믿기보다는 말 안 하는 게 확실하지. 이렇게 말하긴 뭣하지만, 너한테 말해봤자 득 되는 건 없으니까."

"그건 모를 일이잖아……." 항의하면서도 목소리에는 힘이 없었다.

"사치 씨의 목적은 무엇인가? 아버지는 하루토 씨라고 주장하는 이유는 뭔가? 설령 수명이 아무리 짧아도 태어났을 때 심장이 뛰면 출생했다 간주되며 상속권이 주어지지. 역시 유산을 노린 것인가. 그걸 위해 친부일 가능성이 큰 스가누마 씨를 설득한 건가. 또 스가누마 씨도 그걸로 납득한 건가. 그 답을 알아내기 위해 태아에게 문제가 있다는 걸 알았을 때 사치 씨가 어떻게 했을지 생각했지. 먼저 떠오른 생각은 이거야. 그녀는 어떠한 선택의 기로에 섰던 게 아닐까?"

"선택?"

"태아에게 어떤 이상이 나타났는지는 모르지만, 치료가 불가능하다는 게 확정됐다면, 출산까지 기다릴지, 중절 수술을 할지 결정해야 할 경우가 많아. 사치 씨도 그랬을지도 모른다고 생각했지. 그렇다면 누군가와 상의를 했겠지. 그 상대는 누구인가. 어머니가 살아 계시다면 제일 유력한 후보겠지만, 돌아가셨지. 그러면 언니일까. 물론 도코 씨에게도 상의했겠지만, 그녀는 독신이고 출산 경험도 없어. 더 적확한 조언을 줄 수 있는 사람은 누구일까?"

마요는 집게손가락을 들었다. "친구인 후미카 씨겠지."

"그래. 하루토 씨와 이혼했으니 예전만큼 가까운 사이가 아닐지도 몰라. 하지만 임신이나 태아라는 심각한 문제에 대해 아무것도 알리지 않았을 것 같지는 않았어. 그래서 도미나가 부인을 만났을 때 후미카 씨를 불러달라고 한 거야."

"그때는 거짓말을 했던 거구나. 사치 씨에게서 임신했다는 소식은 들었지만, 다른 얘기는 아무것도 모른다고 했잖아요." 그날 일을 떠올리며 말한 뒤, 마요는 다케시를 올려다봤다. "혹시 삼촌은 그때 후미카 씨가 거짓말을 한다는 걸 알아챈 거예요?"

"당연하지. 그때 말고 다른 기회가 있었어?"

"어떻게 알았어요? 나는 전혀 몰랐는데."

"아까도 말했지만, 네가 눈썰미가 없다고 해서 다른 사람도 그런 줄 아는 거냐. 먼저 이상하다고 느낀 건, 마지막에 사치 씨와 연락한 게 반년 전쯤이라는 발언이었어. 그 반년 사이에는 하루토 씨의 사고사라는 비극적인 사건이 있었잖아. 이혼해서 어색한 사이가 됐다고 해도, 사치 씨가 도미나가 집안에 아무 연락도 하지 않았을 리가 없지. 그때 제일 편하게 연락할 수 있는 상대는 후미카 씨일 테고."

"아…… 그러고 보니 그러네."

마요에게는 반론의 여지가 없었다. 주의력이 없다는 소리를 들어도 할 말이 없었다.

"그렇다고는 해도 결정적 증거는 아니지. 후미카 씨가 거짓말을 한다고 확신한 건, 그녀가 사치 씨에게 전화를 걸었을 때였어."

"그때 일은 나도 기억해요." 마요는 주먹을 그러쥐었다. "후미카 씨는 전화를 하면서 가게를 나갔고, 밖에서 통화했죠. 의아하긴 했지만 그렇다고 부자연스럽다고 말할 정도는 아니었던 것 같은데."

다케시는 인상을 찌푸리며 고개를 저었다.

"그게 문제가 아니야. 전화를 걸었을 때, 라고 했잖아. 후미카 씨는 스마트폰 최근 통화 내역에서 사치 씨의 이름을 골라서 전화를 걸었어."

"최근 통화 내역에서…… 그게 뭐가 이상하지? 나도 그러는데."

"둔하기는. 마지막으로 연락한 게 반년 전이면 최근 통화 내역에 남아 있을 리가 없잖아."

"앗."

"반년은커녕 최근에 사치 씨가 전화를 받았다는 뜻

천사의 선물

이지."

"그런 거구나. 앗, 그런데 어떻게 최근 통화 내역에서 이름을 고르는 걸 알았어요?"

"눈하고 손동작을 주의 깊게 관찰하면 그 정도는 쉽게 알 수 있지. 멘탈리스트의 관찰력을 우습게 보지 마라."

"진짜? 못 믿겠는데. 삼촌이 잘못 본 걸 수도 있잖아."

"그럴 리 없어."

"어떻게 단언할 수 있어요? 증거 있어요?"

그러자 다케시는 쯧, 혀를 차며 미간을 찌푸리더니 내키지 않는다는 양 카운터 밑에서 태블릿을 꺼냈다.

그 화면에 비친 건 스마트폰을 조작하는 여성의 뒷모습이었다. 누구인지는 금방 알 수 있었다. 후미카였다. 그날 촬영한 영상인 모양이다. 각도를 보아 하니 카운터석 대각선 후방에 카메라가 설치된 것 같았다. 돌아봤지만 지금은 보이지 않았다.

"이제 납득했냐?"

"이게 뭐야. 또 도촬했어요?"

"큰일 날 소리를 하네. 방범 카메라라고 해라."

"이 가게에서는 틈을 보이면 안 되겠어." 마요는 새

삼 가게 안을 둘러봤다. 이러는 동안에도 몰래 찍히고 있을 가능성이 있다.

"어쨌거나 후미카 씨가 거짓말을 하고 있는 게 틀림 없었지. 게다가 사치 씨와 뭔가를 공모하는 것 같았어. 그래서 흥신소를 찾았지. 두 사람의 행동을 조사해 달라고 의뢰했고."

"사치 씨만이 아니라 후미카 씨 뒷조사도 했어요?"

"당연하지. 반드시 어딘가에 접점이 있을 거라고 봤으니까. 그랬더니 난세이 의과대학병원이 나오더군. 사치 씨가 임신 사실을 알고 다니던 병원은 다른 곳이었는데, 한 달 전에 갑자기 병원을 바꿨지. 왜 집에서 멀리 떨어진 나고야의 병원으로 옮긴 것일까. 마침 후미카 씨도 부부가 함께 그 병원을 몇 번 찾았더군. 이 병원에는 대체 뭐가 있는 거지. 그래서 난세이 의과대학병원에 관한 자료를 샅샅이 뒤져서 찾아낸 게 이 논문이었어." 다케시는 다시 태블릿을 조작해 마요 앞에 내려놓았다.

화면 속에 표시된 PDF 문서의 제목은 '무뇌증 환자의 장기 제공 문제'였다. 저자는 난세이 의과대학병원의 미야케 아키노리였다.

"미야케 교수는 소아과가 아니라 장기 이식, 특히 심장 이식을 전문으로 연구하는 인물이야. 그 논문에서 교수는 일본에서 무뇌증 환자의 장기 제공을 터부시하는 건 책임질 수 있는 인물이 없다는 유치한 이유 때문이니 더욱 적극적인 논의가 필요하다고 주장하고 있어. 한마디로 추진파지. 후미카 씨의 아들이 선천적 심장병을 앓고 있어서 심장 이식밖에 방법이 없다는 사실을 흥신소의 조사 보고서로 알고 있었기 때문에, 이 논문을 읽고 사치 씨와 후미카 씨의 계획을 알아챘지."

"사치 씨 아이의 심장을 이식하려고……."

다케시는 고개를 끄덕이며 한숨을 내쉬었다.

"왜 갑자기 사치 씨가 배 속 아이 친부가 하루토 씨라고 주장하기 시작했는가. 그 이유도 짐작이 갔지. 친족 관계가 아니면 장기 이식 수혜자를 지정할 수 없기 때문이야."

"유산을 노린 게 아니었네."

그날 난세이 의과대학병원에는 후미카의 아들도 입원하고 있었다고 했다. 사치의 아이가 태어났다면 뇌

기능이 작동하지 않는다는 사실을 확인한 뒤에 심장 이식 수술을 실행할 예정이었다는 건 마요도 들어서 알고 있었다.

후미카는 다케시와 마요에게 이 일을 비밀에 부쳐달라고 부탁했다.

"세상에 알려지면 시끄러워질 테고, 무엇보다 부모님께는 이 일에 관해서 아무것도 이야기하지 않았어요."

마요는 다케시와 함께 그러겠노라고 대답했다.

잔을 들었다. 새콤달콤한 칵테일 향을 즐기고 있는데 문 열리는 소리가 났다. 돌아보니 모치즈키 도코가 서 있었다.

안녕하세요, 인사를 건넨 뒤 도코는 자리에 앉았다. 마요가 있는 걸 알고 온 눈치였다.

"내가 연락했어." 다케시가 말했다. "도코 씨한테도 여러모로 궁금한 게 있을 것 같아서."

"무엇이든 물어보세요." 도코는 두 손을 살짝 펼쳤다. 익살스러운 표정은 사치의 집에서 만났을 때와는 다른 사람 같았다.

"그 일은 어쩌실 건가요. 하루토 씨의 유산 상속……."

마요는 제일 궁금했던 일을 물었다.

"아, 그거요. 그 건은 끝났어요." 도코는 태연하게 말했다.

"끝이라니요······?"

"상속인이 태어나지 않았잖아요. 내가 나설 자리는 없는데 당연한 일 아닌가요?"

"태아에게는 상속권이 있지만, 사산했을 때는 원래 없던 것으로 간주하지." 다케시가 덧붙였다. "그러니까 태아가 무사히 태어날지, 제일 먼저 알 권리가 있다. 그래서 도코 씨와 교섭한 끝에 그날 연락을 받은 거야."

앗, 하고 마요는 외쳤다.

"비즈니스호텔에 있을 때 전화한 사람이 도코 씨였구나."

우후후, 도코는 의미심장하게 웃었다.

"가미오 씨는 전부 꿰뚫어 본 것 같았으니, 빨리 담판을 지어야겠다고 생각했거든요. 솔직히 나도 썩 내키지는 않았어요. 유산을 가로채는 짓이니까. 장기 이식에도 반대했고요. 친구 아들의 목숨을 구하고 싶다는 사치의 뜻은 존경스러웠지만, 도덕적으로 올바른 일인지 판단을 내릴 수 없었어요. 무엇보다 동생의 몸이 걱정됐죠. 하지만 본인의 의지가 확고해서 마음을 돌릴 것 같지 않았죠. 그럼 내가 할 수 있는 일은 무엇인가. 그걸 생각해 보니, 사치가 낳을 아이의 권리를 지키는 것밖에 없더라고요. 하루토 씨의 아이로 태어나는 셈이니, 당연한 권리를 쟁취해야겠다 생각했죠."

"그러셨군요……."

"사치에게는 미안하지만 태어나지 않아서 다행이에요. 그게 솔직한 심정이에요." 도코는 그렇게 말하더니 고개를 기울이며 카운터 쪽을 올려다봤다. "가미오 씨는 어때요?"

"당신과 다투지 않아도 된다는 점에서는 다행이죠. 무뇌증과 장기 이식에 대해서는 뭐라 드릴 말씀이 없군요. 당사자들이 본인이 옳다고 믿는 행동을 하면 됩니다. 그게 제 의견입니다."

"좋은 대답이네요." 도코의 입가에 미소가 번졌다.

"뭘로 드릴까요?"

"음, 저건 뭐예요?" 도코는 마요 앞에 놓인 잔을 보며 물었다.

"루, 캉, 뭐더라……?" 역시 안 외워지는 이름이었다.

"르카도드랑주입니다." 다케시가 대신 대답했다.

르카도드랑주, 도코는 중얼거렸다. 게다가 원어민에 가까운 발음이었다. 도코는 말을 이었다. "뜻은…… 천사의 선물?"

"맞습니다."

"그래요?"

마요는 눈을 깜빡이며 다케시를 올려다봤다.

"그 요람은 천사의 선물을 눕히기 위한 것이었어. …… 그렇죠?"

도코는 진지한 눈빛으로 고개를 끄덕였다. "저도 그 칵테일로 주세요."

알겠습니다, 다케시가 대답했다.

피지 않는

나팔꽃

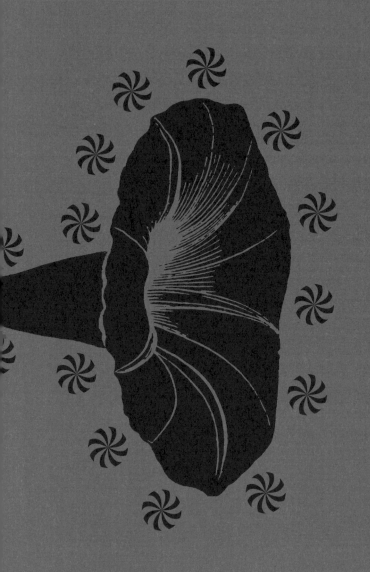

주차장에서 세차를 하고 있는데 스마트폰이 울렸다. 원장인 사카타의 전화였다. 이시자키 나오타카는 호스를 잠그고 전화를 받았다.

"네, 이시자키입니다."

"사카타입니다. 이시자키 씨, 지금 바쁘신가요?" 사카타 가요코는 조심스레 물었다.

"아뇨, 괜찮습니다. 무슨 일이시죠?"

"그게 말이죠, 1009호실에 여덟 시간 넘도록 반응이 없어요. 미안하지만 좀 들여다봐 줄 수 있을까요?"

"네, 알겠습니다. 바로 가보겠습니다."

"미안해요."

"아뇨, 괜찮습니다."

이시자키는 전화를 끊고 들고 있던 호스를 둥글게 말아서 수도가 있는 쪽으로 가져가 수도꼭지를 잠갔다. 세차는 나중에 해야겠다. 이 실버타운에서는 입주자의 안전 확보가 무엇보다 우선시되기 때문이다.

주차장 통로를 빠져나가 직원용 출입문을 통해 관내

로 들어갔다. 엘리베이터 홀은 바로 근처에 있다. 남녀 다섯 명의 입주자들이 엘리베이터를 기다리고 있었다. 엘리베이터는 두 대여도 정원이 많은 엘리베이터의 버튼에만 불이 들어와 있었다. 절전을 위해 두 대의 버튼을 동시에 누르지 않는 게 입주민 규칙이었다.

겉보기에 엘리베이터를 기다리는 입주자들 모두 일흔이 넘은 것 같았다. 그중 한 명은 지팡이를 짚었고 또 한 명은 보행 보조기를 사용하고 있었다. 보아하니 이들이 다 타면 엘리베이터는 꽉 찰 것 같았다.

이내 엘리베이터 문이 열렸다. 입주자들이 순서대로 엘리베이터를 탔다. 보행 보조기를 사용하는 노인이 마지막으로 타는 걸 보고 이시자키는 "먼저 가세요"라고 말했다. 문이 서서히 닫히고 층수 표시가 바뀌는 걸 확인한 뒤에 다른 엘리베이터의 버튼을 눌렀다.

곧 다른 엘리베이터의 문이 열렸다. 안으로 들어가 10층을 눌렀다.

이 시설의 엘리베이터는 작동이 느린 편이었다. 문위에 있는 층수 표시를 보며 살짝 속이 탔다.

노인들이 사는 각 방에는 여러 종류의 센서가 달려

있었다. 그중에서 화장실 입구에 달린 센서를 통해 직원들은 입주자가 화장실에 출입하는 타이밍을 관리실에서 모니터할 수 있다. 실내에 있을 터인데 오랫동안 화장실에 가지 않거나 반대로 화장실에서 나오지 않으면 직원들이 방으로 전화를 하거나 직접 방을 찾아가게 돼 있었다. 사카타가 말한 '여덟 시간 이상 반응 없음'이라는 건 그런 뜻이다. 하지만 아마 그녀는 방에 전화하진 않았을 것이다. 1009호실 입주자에 한해서는 이시자키를 보내는 게 낫다고 판단한 것이 틀림없었다. 무슨 일이 생긴 경우에는 물론, 아무 일도 없는 경우에도 "일단 이시자키 씨를 불러줘"라고 할 게 분명했기 때문이다.

드디어 엘리베이터가 10층에 멈췄다. 이시자키는 잰걸음으로 1009호실을 향해 갔다.

문 앞에서 초인종을 눌렀다. 하지만 한참 기다려도 응답이 없었다. 문틈을 보고 문이 잠겨 있지 않다는 걸 확인하고 이시자키는 문손잡이를 돌렸다. 그대로 당기자 문이 스르르 열렸다.

어두운 현관에 센서가 작동해 곧바로 조명이 켜졌다.

피지 않는 나팔꽃

스에나가 씨, 하고 이시자키는 방 안쪽을 향해 불렀다. 하지만 인기척은 없었다. 불은 켜져 있었지만 사람의 모습은 보이지 않았다.

"스에나가 씨, 계십니까? 실례지만 들어가겠습니다."

신발을 벗고 싱크대와 냉장고 앞을 지나 안쪽으로 들어갔다. 세 평 남짓한 방에 작은 탁자와 침대가 놓여 있었다.

스에나가 히사코는 그 침대 앞에서 웅크리고 있었다. 순간 흠칫했지만 숨을 쉬는 것 같아서 곧바로 가슴을 쓸어내렸다. 안색도 나쁘지 않았다.

이시자키는 가만히 옆에 앉아 그녀의 어깨를 흔들었다. "스에나가 씨, 스에나가 씨."

주름투성이 눈꺼풀을 움찔거리더니 스에나가 히사코는 이내 게슴츠레 눈을 떴다. 고개를 세워 이시자키를 올려다봤다. "아, 이시자키 씨……."

"이런 데서 주무시면 어떡해요. 침대에서 주무셔야죠."

침대에 올라가 있었으면 센서가 감지하고 이런 식으로 굳이 찾아올 필요도 없었을 거란 불평은 하지 않았다.

스에나가 히사코는 얼굴을 비비며 주변을 두리번거

렸다. "언제부터 자고 있었는지 모르겠네."

이시자키는 손목시계를 내려다봤다. "지금 오후 세시 반입니다."

"아, 그래요……." 스에나가 히사코는 멍한 표정이었다. 잠들기 전에 자신이 무엇을 하고 있었는지 생각나지 않는 것이겠지.

"스에나가 씨, 화장실 다녀오시지 않아도 되겠습니까?"

스에나가 히사코는 무슨 말인지 잠시 이해하지 못하는 눈치였지만 "가야죠" 하면서 힘겹게 일어서려 했다. 이시자키는 팔짱을 끼고 그녀를 부축했다.

화장실로 들어간 뒤, 사카타에게 전화를 걸었다. 상황을 설명하자 안도의 한숨을 내쉬었다.

"다행이네요. 그럴 것 같긴 했는데, 만일의 경우란 게 있으니까요. 그럼 이시자키 씨, 뒷일을 부탁할게요."

"알겠습니다, 걱정하지 마세요."

전화를 끊고 나서 실내를 둘러봤다. 전에 왔을 때보다 정돈되지 않은 느낌이었다. 게을러진 게 아니라 거기까지 신경을 못 쓴 것이겠지. 탁자 위에 반쯤 남은 우롱차 페트병 뚜껑이 열려 있었다. 이시자키는 뚜껑을 닫아 냉장고에 넣었다.

반쯤 젖혀진 창문 커튼 너머로 작은 베란다가 보였다. 널어놓은 양말이 바람에 흔들렸다.

"빨래, 걷을까요?"

"아, 빨래. 그래 줄래요?" 아까보다 힘이 들어간 말투였다. 화장실에 있는 동안 뇌 기능이 조금 회복됐는지도 모른다.

빨래를 바구니에 넣고 있는 이시자키를 향해 스에나가 히사코가 말했다. "그리고 화분에 물 좀 줄래요? 나팔꽃 싹이 영 안 트네."

"알겠습니다."

작은 화분이 베란다 구석에 놓여 있었다. 스에나가 히사코가 시설에 들어왔을 때 가져온 것이었지만 씨앗을 뿌렸다는 이야기는 들어본 적 없었다. 그러니 아무리 물을 줘도 싹이 틀 리가 없지만 그런 설명을 한들 소용없는 짓이었다. 언젠가 싹이 틀 거라고 기대한다면 그렇게 믿게 두는 게 낫겠지.

방으로 돌아와 양말을 개어 옷장에 넣었다.

스에나가 히사코는 탁자 앞에 앉았다. "목이 마르네.

차 좀 줄래요?"

"우롱차 드릴까요?"

"따뜻한 차가 좋겠어요. 일본차로 부탁해요."

"알겠습니다."

이시자키는 싱크대 앞에 서서 전기포트로 물을 끓였다. 찻주전자와 찻잔, 찻잎이 어디 있는지는 파악하고 있다. 이시자키 본인이 거기 두었기 때문이다. 스에나가 히사코가 직접 차를 타는 모습을 본 적이 없다.

찻잔을 가져가자 스에나가 히사코는 바로 옆에 있는 불단을 바라보고 있었다. 그곳에는 작은 사진 액자 두 개가 놓여 있었다. 하나는 반년 전에 고인이 된 남편의 사진이었고 다른 하나는 그보다 두 달쯤 전에 세상을 뜬 딸의 사진이었다. 스에나가 히사코는 딸의 사진을 들고 있었다.

드세요, 하고 이시자키는 스에나가 히사코 앞에 찻잔을 내려놓았다.

"고마워요." 스에나가 히사코는 찻잔을 들고 한 모금 마시더니 인상을 찌푸렸다. "너무 뜨거워. 일본차는 물을 조금 식힌 뒤에 부어야 해요. 홍차가 아니잖아요. 전에 일러뒀을 텐데."

"조심한다고 했는데…… 죄송합니다." 이시자키는 어깨를 으쓱했다.

"비싼 찻잎 다 버렸잖아요." 스에나가 히사코는 질렸다는 표정으로 차를 마신 뒤 한숨을 내쉬며 다시 사진 액자를 바라봤다.

"따님 일이 아직 마음에 걸리세요?"

그러자 스에나가 히사코는 토라진 듯 입을 삐죽였다.

"당연하죠. 딸아이가 아니었으니까. 나나에는 안 죽었어. 그건 내 딸이 아니었다고요."

"하지만 스에나가 씨가 인정하지 않으셨습니까. 딸이 맞다고."

"그때는 제정신이 아니었어요. 그리고 시신은 살아 있을 때랑 인상이 달라진다고들 하니까."

"하지만 경찰도 조사하지 않았을까요. 지문이나 그런 것들도……."

"그건 어떤지 모르겠네요. 아마 조사하지 않았을걸요. 나나에의 집에서 죽었다는 이유만으로, 그 애라고 미리 결론을 내려놓고 처리한 것 같아. 그래, 분명 그런 거예요. 경찰은 아무것도 조사하지 않았어요. 내가 나나에라고 말해버려서, 그 말을 믿고 그대로 마무리한 거죠. 그건 다른 사람이었는데. 나나에가 아니었는데 그렇게 처리됐어." 스에나가 히사코의 목소리에 열기가 감돌기 시작했다.

이시자키는 그렇군요, 하고 대답했다. 슬슬 나가야 할 타이밍이라고 판단했다.

"스에나가 씨가 그렇게까지 말씀하시니 그럴 수도 있겠네요."

"그렇다니까요. 내 딸은 안 죽었어요. 분명 어딘가에 살아 있을 거라고요."

"그럼 잘된 일 아닙니까. 스에나가 씨가 모르는 곳에서 행복하게 살고 있을지도 모르죠."

"그렇다면 왜 엄마를 안 보러 오죠? 난 살아 있다, 안 죽었다고 왜 나타나지 않느냐고요."

"그건 따님이 그러는 게 좋겠다고 생각하고 계시기 때문이겠죠. 조용히 살고 싶어서요. 그러니까 스에나가 씨도 이제 그만 생각하시는 게 좋을 것 같아요. 모른 척 그냥 넘어가죠. 그게 따님을 위한 일이니까요."

피지 않는 나팔꽃

"딸…… 나나에를 위해서라고?" 스에나가 히사코가 고개를 갸웃했다.

"네. 어딘가에서 건강하게 잘 살고 있으면 그걸로 됐죠."

"어딘가에서 건강하게……."

스에나가 히사코의 눈이 허공을 맴돌기 시작했다. 늘 있는 일이라 이시자키는 내심 안도했다.

사진 액자를 제자리에 돌려놓고 스에나가 히사코는 찻잔을 들었다. 차를 마신 뒤에 허리를 곧게 펴고 이시자키를 바라봤다.

"맛있네요. 이제야 겨우 맛있는 차를 내놓을 수 있게 됐군요."

물이 적당히 식어서 입에 맞는 모양이었다. 아까 화를 낸 일은 기억에 없는 것 같았다. 이시자키는 말씀 감사합니다, 하고 고개를 숙였다.

스에나가 히사코가 이 실버타운에 입주한 건 넉 달 전쯤이었다. 오랫동안 병간호를 하던 남편이 갑작스레 세상을 떠난 걸 계기로 단독 주택을 처분하고 이곳으로 옮긴 것이다.

설비과에 소속된 이시자키의 주된 업무는 다양한 설

비나 기기 관리였지만 거동이 불편한 입주자들이 병원이나 오락시설에 이동할 때 돕는 일도 하고 있었다.

스에나가 히사코와도 그 과정에서 알게 됐다.

그녀는 전에 살던 집에서 약간의 옷가지를 제외하고는 짐을 거의 가져 오지 않았다. 작은 원룸이라 해도 새로운 생활을 시작하기 위해서는 최소한의 생활 필수품이 있어야 한다. 하지만 물건을 사러 나가면 짐이 많을 테니 같이 가주면 감사하겠다고 운전기사인 이시자키에게 말했다. 요컨대 짐꾼 역할을 부탁한 것이다.

이시자키는 가벼운 마음으로 받아들였다. 종종 그와 비슷한 부탁을 받았기 때문이다. 방에서 신는 슬리퍼 한 켤레를 살 때 같이 간 적도 있었다. 대다수 노인들은 인터넷 쇼핑을 힘들어했다.

차로 15분 거리에 있는 쇼핑몰에서 필요한 물건은 거의 구할 수 있었다. 스에나가 히사코도 그곳으로 데려갔다.

하지만 쇼핑은 금방 끝나지 않았다. 실내복을 고르는 데만도 30분 이상 걸렸고 잡화점에서는 더욱 시간이 걸렸다.

쇼핑을 전부 마치자 피곤했는지 스에나가 히사코는 조금 쉬었다 가자고 말했다. 푸드코트에서 잠시 휴식을 취했다.

"이렇게 끌고 다녔는데도 불평 한마디 없고 대단하네요."

스에나가 히사코는 커피를 마시는 이시자키를 빤히 바라보며 말했다.

"제 일이니까요."

"그래도 힘들었죠? 여기서는 오래 일했나요?"

"오 년쯤 됐습니다."

"그전에는 어디 있었어요?"

"중고차 판매 회사에 있었습니다. 망하는 바람에 지금 회사로 옮겼죠."

"그랬군요. 나이가 어떻게 돼요?"

"이제 쉰입니다."

"가족은?"

이시자키는 고개를 저었다. "저 혼자입니다."

"계속 독신이었어요?"

"젊었을 적에 한 번 했었는데, 집을 나가버렸어요."

"어머, 그랬구나. 재혼 예정은?"

"없습니다. 혼자가 편해요."

"그래요? 혼자가 편하다……. 나도 그렇게 생각할 수 있는 날이 오려나."

"글쎄요……." 이시자키는 말끝을 흐리며 눈앞의 노인을 바라봤다. "남편분이 돌아가셔서 역시 적적하신가요?"

스에나가 히사코가 음, 하고 말문을 열었다.

"매정하게 들릴지도 모르겠지만, 남편 생각은 별로 나지 않아요. 오래 아파서 간병 생활도 길었으니까. 하지만 이런 노후를 보내게 될 줄은 몰랐어요. 더 재미있게 살 줄 알았는데."

"구체적으로는?"

"딸이 있었어요. 외동딸. 노후에는 그 애하고 둘이서 살려고 했죠. 하지만 갑자기 자살했어요."

뜻밖의 말이 툭 튀어나와서 이시자키는 곧바로 반응할 수 없었다. "자살이라고요……" 하고 되뇌는 게 고작이었다.

스에나가 히사코의 이야기로는 외동딸 나나에는 삶

의 보람이었다고 한다. 어떻게 하면 딸이 풍족하고 행복한 인생을 보낼 수 있을지, 그것만 생각하며 키웠다. 어느 학교에 보낼지 신중하게 선택했고 어떤 학원에 보낼지도 깊이 고민했다. 인간관계도 꼼꼼하게 살폈다. 딸에게 좋지 않은 영향을 끼칠 것 같은 사람들은 최대한 멀리하게 했다. 나나에 본인은 친구와 멀어져서 불만이었을지도 모르지만 나쁜 길로 빠지지 않게 하려는 예방책이었다.

결혼 상대도 직접 골랐다. 지인의 아들로 외국계 기업 도쿄 본사에서 일하는 엘리트였다. 그제야 마음이 놓였다. 앞으로 손주 얼굴을 볼 날만 기다리면 된다고 생각했는데 그즈음부터 그녀의 계획이 틀어지기 시작했다. 좀처럼 둘 사이에 아이가 생기지 않았고 엎친 데 덮친 격으로 사위에게 다른 여자가 생긴 것이다. 이혼하고 싶다는 딸을 말릴 수 없었다.

스에나가 히사코는 홀몸이 된 딸에게 고향으로 돌아오라고 했다. 하지만 나나에는 도쿄에 머물렀다. 고향에서는 직장을 구하기 힘들다는 이유에서였다.

"그때 일을 떠올리면 지금도 후회가 돼요. 억지로라

도 그 아일 데려왔어야 하는데." 스에나가 히사코는 서글픈 표정으로 이시자키를 보며 말했다. "그랬으면 그런 일은 일어나지 않았을 텐데."

그런 일이란 바로 나나에의 자살이었다. 도쿄 집에서 음독자살을 했다고 한다. 경찰의 연락을 받고 스에나가 히사코는 아픈 남편을 두고 한걸음에 달려갔다. 안치실에서 그녀를 기다리고 있던 건 변해버린 딸의 모습이었다.

담당 경찰관이 "나나에 씨가 맞습니까?"라고 물어서 "네" 하고 대답했다. 기억 속 나나에의 얼굴과는 조금 달랐지만 여위었기 때문인 줄 알았다. 음독한 경우에는 인상이 달라진다는 이야기를 들은 적도 있었다.

집에 남긴 유서도 읽었다. 유서에는 '사는 데 지쳤어요. 죄송합니다. 스에나가 나나에'라고만 적혀 있었다. 나나에의 필적이 틀림없었기에 그렇게 말했다.

사건성이 없다는 이유로 이내 시신은 가족에게 돌아왔다. 스에나가 히사코는 고향에서 장례를 마치고 유해는 집안 묘에 안장했다.

그로부터 얼마 지나지 않아 이번에는 남편의 병세가

악화됐다. 딸의 죽음으로 정신적 충격을 받았기 때문이라는 건 명백했다. 나나에의 장례식으로부터 두 달 뒤에 남편의 장례를 치르게 됐다.

가족 둘을 잃고 의지할 곳 없게 된 스에나가 히사코가 선택한 길은 실버타운에서 여생을 보내는 것이었다.

"이 생활에 어서 익숙해져야죠." 스에나가 히사코는 이시자키에게 말했다. "그리고 혼자가 편하게 돼야죠."

"스에나가 씨는 혼자가 아닙니다." 이시자키는 그렇게 말했다. "언제든 힘이 돼줄 직원들도 많습니다. 저도 그렇고요. 생활하시다 도움이 필요한 일이 있으면 언제든 말씀해 주십시오."

그 말에 스에나가 히사코는 후후, 미소 지었다.

"고마워요. 참 자상하네요. 부인이 왜 떠났을까."

"벌이가 시원치 않고 성격이 세심하지 못해서죠. 친구한테 속아서 빚을 졌더니 정이 떨어진 모양이더라고요."

"그런 일이 있었군요, 힘들었겠어요."

자업자득이죠, 하고 대답하며 이시자키는 어깨를 움츠렸다.

이날부터 스에나가 히사코는 무슨 일만 있으면 이시

자키를 불렀다. 잡일을 부탁하기도 했고 단순히 이야기 상대가 필요해 부른 적도 있었다.

하지만 요즈음 스에나가 히사코는 좀 이상해졌다. 건망증이 심해졌고 몇 번이고 같은 말을 반복했다. 노인성 치매 초기 증상이었다.

그와 동시에 묘한 말을 하기 시작했다. "내 딸은 안 죽었어. 매장한 시신은 다른 사람이고, 진짜 나나에는 아직 살아 있어."

치매 환자가 가족이나 지인의 죽음을 망각하는 건 흔히 있는 일이었다. 하지만 스에나가 히사코의 경우에는 딸의 시신을 확인한 일은 기억하고 있었다. 그런데도 그건 다른 사람이었다고 말하는 것이다.

다양한 기억이 흐릿해지는 가운데 불편한 과거를 무의식적으로 조작하려는 건지도 모르니 한동안 상태를 지켜보자는 게 사카타 가요코, 케어 매니저와 내린 결론이었다.

피지 않는 나팔꽃

2

    센서 오작동 소동이 있은 지 2주쯤 지난 월요일이었다. 스에나가 히사코가 메시지 한 통을 보냈다. 중요한 이야기가 있으니 방으로 와달라고 했다. 전화로 말하지 않은 건 일에 방해될까 봐 배려해서겠지. 이시자키는 보일러 점검 중이라 통화할 여유는 없었다.

    일을 마무리한 뒤 1009호실로 올라갔다. 중요한 이야기가 무엇일까. 복잡한 일이 아니기를 빌었다.

    방으로 들어가 스에나가 히사코의 얼굴을 본 이시자키는 흠칫했다. 눈이 부었고 뺨에 눈물 자국이 있었다. 이시자키는 무슨 일이 있었느냐고 물었다.

"드디어 찾았어."

"뭘요?"

"내 딸. 나나에를 찾았어요."

"네?"

스에나가 히사코는 하얀 봉투를 내밀었다.

"이걸 읽어봐요."

이시자키는 봉투 앞뒷면을 살펴봤다. 스에나가 히사

코 앞으로 온 편지였는데 보낸 사람은 '야마무라 요코'
였다.

"제가 읽어도 될지……"

"괜찮으니까 빨리 읽어봐요."

스에나가 히사코는 조급하게 말했다.

이시자키는 봉투에서 편지를 꺼내 펼쳤다. 풀과 꽃무
늬가 들어간 편지지에 달필로 쓴 파란 글씨가 보였다.
계절에 따른 인사말 뒤에 근황을 묻는 내용이 이어졌다.
보아하니 야마무라 요코는 무척 오랜만에 연락을 한 것
같았다. '7년 넘게 고향에 돌아가지 않았다'고 쓴 걸 보
니 스에나가 히사코와도 오랫동안 만나지 못했겠지.

이내 다음과 같은 문장이 나타났다.

'그런데 얼마 전에 길거리에서 우연히 그리운 얼굴을
봤어요. 나나에요. 저는 택시를 타고 있어서 말을 걸지
못했지만 틀림없었어요. 나나에는 건강해 보였고 멋진
가게로 들어가더군요. 무엇보다 도쿄에서 열심히 사는
걸 보니 마음이 놓였어요. 나나에를 보고 옛날 일들이
떠올라서 히사코 씨에게 연락을 하게 된 거랍니다.'

거기까지 읽고 이시자키는 고개를 들었다.

피지 않는 나팔꽃

"어때요?" 스에나가 히사코가 물었다.

"이 야마무라 씨는 어떤 분이십니까?"

"오랜 지인이에요. 나나에하고도 잘 알고요. 그 애의 어릴 적 피아노 선생님이었어요. 결혼식에도 와줬고요."

"나나에 씨가 자살했다는 건 모르시나요?"

"네. 남들한테 알리고 싶지 않았어요. 아무튼 다행이에요. 역시 내 생각대로였어. 그건 나나에가 아니었어. 이시자키 씨도 이제 알겠죠?"

뭐라고 말해야 할지 망설였다. 비슷한 사람일 거라고 딱 잘라 말하는 것도 좋지 않은 것 같았다.

이시자키는 편지를 봉투에 넣고 "그럴 수도 있겠네요"라고 말하며 탁자에 내려놓았다. "잘됐네요. 건강해 보였다고 하니까요."

"그러게요. 이시자키 씨한테 부탁이 있어요."

"말씀하십시오."

"요코 씨를 찾아가서 자세한 이야기를 들어주세요. 나나에를 어디서 봤는지도요."

"네?" 생각지도 못한 부탁에 이시자키는 당혹감을 감추지 못했다. "제가요……?"

"달리 부탁할 사람이 없어요. 요코 씨에게는 내가 연락할게요."

"그럼 전화로 직접 물어보시면 되지 않을까요?"

스에나가 히사코는 눈살을 찌푸렸다.

"도쿄 지리는 전혀 모르는데 전화로 듣는다고 어떻게 알겠어요. 그리고 가능하다면 나나에가 들어갔다는 가게에도 찾아가 봤으면 좋겠어요."

"가게에요……."

"물론 사례는 할게요." 스에나가 히사코는 불단 서랍을 열고 현금 카드를 꺼냈다. "돈을 찾아주세요. 십만 엔쯤요. 그 정도면 교통비 같은 것도 충분하겠죠?"

아니, 그런…… 이시자키는 손사래를 쳤다. "그건 괜찮습니다."

"이런 일을 맨입으로 부탁할 수는 없죠. 일단 돈은 찾아와 주세요. 마침 현금도 다 떨어졌으니까, 합쳐서 십오만 엔 정도."

"네, 그건 상관없습니다만……." 이시자키는 카드를 받았다. 스에나가 히사코는 치매 증세를 보였지만 이따금 정정한 모습을 보이곤 했다. 바로 지금처럼.

근처에 있는 편의점에서 현금 15만 엔을 찾아서 방으로 올라가기 전에 시설 사무실에 들렀다. 직원이 입주자의 부탁을 받아 현금 카드를 사용했을 때는 기록으로 남겨야 한다. 나중에 문제가 불거질 수도 있기 때문이다.

절차대로 처리한 뒤 사무실을 나서자 뒤에서 이시자키 씨, 하고 부르는 소리가 났다. 사카타였다.

"스에나가 씨 계좌에 잔고가 얼마나 있어요?"

이시자키는 명세서를 내밀었다. 숫자를 확인한 원장은 미간을 찌푸렸다.

"아슬아슬하네요. 이대로는 몇 년 못 버틸 것 같은데."

"그럴 것 같네요."

"그 건은 어떻게 됐어요?"

"가끔 이야기를 꺼내시는데, 좀처럼 인정하지 못하시는 것 같아서……"

"큰일이네요. 아직도 따님이 돌아가신 걸 받아들이지 못하다니."

"네, 뭐……"

받아들이기는커녕, 이시자키는 그렇게 말하려다 참

왔다. 그 딸의 행방을 찾게 됐다는 이야기를 하면 분명 어처구니없어하겠지.

"그나저나 가을 축제 말인데요, 준비는 잘돼가고 있나요?" 사카타는 화제를 바꿨다.

"잘되고 있습니다."

"그래요, 그럼 다행이고요." 말과는 반대로 원장의 표정은 밝지 않았다.

"무슨 문제라도 있습니까?"

"출연하기로 돼 있던 만담가에게 연락이 왔어요. 갑자기 수술을 받아야 해서 출연하기 어려울 것 같다고요. 대타라도 보내달라고 부탁했는데 스케줄이 맞는 사람이 없다네요."

"난감하네요."

스케줄이 아니라 출연료가 문제겠지. 이시자키는 그런 생각을 했다. 중학생 세뱃돈 정도의 출연료를 받고 이 시골까지 와줄 사람이 있는 게 신기하다.

"이시자키 씨, 누구 아는 사람 없어요? 꼭 만담하는 사람이 아니라도 돼요. 민요 가수라든지."

"제가요? 제가 그런 사람을 어떻게 알겠습니까."

피지 않는 나팔꽃

"그렇겠죠." 사카타는 고개를 숙이며 한숨을 내쉬었다.

3

이시자키는 종이컵을 탁자에 내려놓으며 체인점 카페 라테는 도쿄든 어디든 다 맛이 똑같군, 하고 생각했다.

도쿄에 온 긴 3년 만이었다. 지난번에도 도쿄에 볼일이 있던 건 아니었다. 지바에 사는 지인을 만나러 가는 도중에 잠시 들렀을 뿐이었다. 하지만 젊은 시절에 도쿄의 가전 매장에서 일한 적이 있어서 지리는 대충 알고 있었다.

야마무라 요코와 만나기로 한 곳은 자택 근처 커피숍이었다. 환갑을 조금 넘긴 우아한 여성이었다. 스에나가 히사코가 미리 연락해 둬서 그런지 경계심을 보이지는 않았다. 오히려 왜 찾아왔는지 궁금해하는 눈치였다.

"히사코 씨가 나나에를 본 이야기를 자세히 들려달라고 하던데, 무슨 일인가요?" 인사를 나눈 뒤 야마무라 요코가 물었다.

이시자키는 등허리를 곧게 폈다.

"사정이 좀 있는데, 실은 몇 년 전에 나나에 씨가 잠

피지 않는 나팔꽃

시 여행을 갈 테니 찾지 말아달라는 편지를 보냈다고 합니다. 그 뒤로 연락이 끊겨서 어디서 어떻게 사는지도 몰라서 스에나가 씨는 계속 걱정하셨습니다."

"어머, 그런 일이 있었나요? 여행이요?"

이시자키는 네, 하고 고개를 주억거렸다.

"이십 대 청년이면 모험심에 그런 소리를 해도 이상할 건 없죠. 하지만 나나에 씨는 마흔이 넘었으니 스에나가 씨도 놀란 모양입니다. 하지만 실종 신고를 할 수도 없으니 어찌 된 일인가 고민하던 차에 야마무라 씨의 편지를 받으신 거랍니다."

"그런 사정이 있었군요. 신경 쓰이실 법하네요. 그런 일이 있었는지 전혀 몰랐어요."

"스에나가 씨는 집안의 수치라 아무에게도 털어놓을 수 없었다고 하시더군요. 그래서 말입니다만, 야마무라 씨가 길에서 본 여성이 나나에 씨가 틀림없습니까?"

이시자키의 물음에 야마무라 요코는 자신 없다는 듯 눈썹을 축 늘어뜨렸다.

"그렇게 물으시면 절대로 틀림없다고 장담할 수는 없어요. 세상에 자기를 닮은 사람이 세 명 있다는 말도

있잖아요. 하지만 나나에가 맞아요. 어릴 적부터 봐왔
으니까요. 닮은 사람은 아니었어요. 아, 이런 사정이 있
는 줄 알았으면 그때 말을 걸었으면 좋았을걸."

아쉬워하는 모습을 본 이시자키는 상당히 자신이 있
는 것 같다고 생각했다.

"편지에는 시내에서 보셨다고 하셨죠."

"네, 시부야구 에비스에서 봤어요. 저는 지인과 식사
를 하고 택시로 이동하던 길이었으니까."

"정확한 위치를 말씀해 주실 수 있을까요?"

"안 그래도 연락을 받고 다시 찾아봤어요."

야마무라 요코는 스마트폰을 꺼내 조작하더니 이시
자키 쪽으로 화면을 돌렸다. 화면 속에는 지도가 표시
돼 있었다.

"이 교차로에서 신호를 기다릴 때, 나나에가 제 바로
옆을 지나갔어요. 그리고 이 가게로 들어갔죠."

"어떤 가게였습니까?"

"미안해요, 거기까지는 못 봤어요. 바인 것 같던데."

이시자키는 스마트폰을 꺼내 그 장소를 지도 앱에 기
록했다.

피지 않는 나팔꽃

"감사합니다. 그럼 이 가게에 한번 찾아가 보죠."

"뭔가 알아낼 수 있으면 좋겠네요. 나나에한테는 나름의 사정이 있겠지만."

컵을 들며 야마무라 요코가 말했다.

이시자키는 그 말이 마음에 걸렸다.

야마무라 요코는 차를 한 모금 마신 뒤, 몸을 조금 굽히며 말했다. "이 얘기는 히사코 씨한테는 하지 마세요." 비밀 이야기를 하는 투였다.

"그렇게 말씀하시면 물론 하지 않겠습니다. 어떤 이야기시죠?"

"나나에는 자유로워지고 싶었던 거예요."

"자유로워지고 싶었다고요?"

"히사코 씨는 나나에를 아끼는 마음에 구속이 심했어요. 모든 걸 자기 마음대로 하고 싶었던 것 같지만, 나나에 입장에서는 많이 답답했을 거예요. 그러니까 연락을 끊은 건, 앞으로 히사코 씨와 연을 끊고 싶다는 뜻일지도 몰라요."

뜻밖의 이야기에 이시자키는 당혹스러웠다. 대답을 못 하는 이시자키의 태도를 어떻게 받아들였는지는 모르지만 "히사코 씨한테는 꼭 비밀로 해줘요"라고 다시 못을 박았다.

이시자키는 물론입니다, 하고 대답했다.

그 가게에는 간판 비슷한 것이 없었다. 그나마 가게 이름을 적어놓은 건 바닥에 놓인 블록이었다. 'TRAPHAND' 라고 적혀 있었다. 어떻게 번역해야 할지 이시자키는 몰랐다.

안으로 들어가자 문이 보였다. 'OPEN'이라 적힌 팻말이 걸려 있으니 아마 출입문이겠지. 조심스레 문을 열었다.

가게 안은 어스름했다. 오른쪽에 카운터가 있었다. 키가 큰 남자가 의자에 앉아 스마트폰을 만지작거리고 있었다. 남자는 고개를 들어 어서 오십시오, 라고 말하며 일어났다. 손님이 아니라 가게 주인인 것 같았다.

"영업 중이죠?" 이시자키는 그렇게 물었다.

"물론입니다. 들어오시죠, 편하신 곳에 앉으세요." 그렇게 말하며 마스터는 카운터 안쪽으로 들어갔다.

카운터 말고는 안쪽에 탁자가 있을 뿐이었다. 이시자

피지 않는 나팔꽃

키는 앞에서 두 번째 의자에 앉았다.

"주문은 어떻게 하시겠습니까?"

"아, 그럼 맥주로…….'

"어떤 맥주로 드릴까요?"

"네? 맥주 종류가 많습니까?"

"히다타카야마의 맥주는 어떠십니까? 부드럽고 향
이 풍부하죠."

"그럼 그걸로 주십시오."

"감사합니다." 마스터는 미소를 지었다.

이시자키는 가게 안을 둘러본 뒤에 다시 마스터를
보았다. 나이는 사십 대 후반쯤으로 보였다. 훤칠한 키
에 팔다리가 길었다. 기다란 손가락으로 낯선 모양에
두툼한 병의 뚜껑을 열고 잔에 맥주를 부었다. 별것 아
닌 동작이었는데도 세련돼 보이는 건 내가 시골뜨기여
서일까, 하고 이시자키는 생각했다.

드시죠, 마스터는 잔을 이시자키 앞에 내려놓았다.
하얀 거품이 테두리까지 아름답게 퍼졌다.

한 모금 마시자 저도 모르게 고개가 끄덕여졌다.

"어떠십니까?" 마스터가 물었다.

"맛있네요. 처음 마셔봅니다."

"다행입니다." 마스터는 하얀 이를 보이며 메뉴를 내밀었다. "안주는 어떻게 하시겠습니까? 맥주에 맞는 견과류도 구비돼 있습니다만."

"아, 그럼 그걸로……."

"알겠습니다."

이시자키는 맥주를 마시며 숨을 고른 뒤 조심스레 말문을 열었다. "저기……."

마스터가 고개를 들었다. "네."

"이곳은 주로 어떤 손님들이 찾으십니까?"

마스터는 순간 당황한 표정을 짓더니 쓴웃음을 흘렸다. "다양한 분들께서 찾아주고 계십니다."

그야 그렇겠지. 이시자키는 생각했다. 이렇게 물으면 상대도 난감하겠지.

가방에서 사진 한 장을 꺼냈다. "이분이 이 가게에 오신 적이 있습니까?"

마스터는 견과류 접시를 이시자키 앞에 놓은 뒤에 좀 보겠습니다, 하고 사진을 받아들었다. 스에나가 히사코에게 받은 나나에의 사진이었다. 스마트폰에 저장

된 사진 중에서 고른 모양이었다.

"오신 것 같기도 하군요." 마스터는 사진을 돌려주며 말했다. "하지만 확실하진 않습니다. 오시는 분 중에는 여성 고객이 많고, 사진 속 분과 비슷한 분위기의 손님들도 있으니까요."

"스에나가 나나에라는 분입니다."

스에나가 씨, 마스터는 그렇게 중얼거리더니 고개를 저었다. "죄송합니다. 고객님들 대부분은 이름을 밝히지 않으셔서요."

"그렇군요. 뭐, 그렇겠죠."

"그 여성분은 왜?"

"아, 좀……." 이시자키는 말을 흐리며 견과류를 집었다. 어떻게 설명해야 좋을지 짐작이 가지 않았다.

출입문이 열렸다. 마스터가 입구 쪽을 보며 어서 오십시오, 하고 인사했다.

들어온 여성 손님은 이시자키에게서 조금 떨어진 자리에 앉았다. 이십 대 후반일까. 고급스러운 원피스 차림이었다.

"이렇게 이른 시간에 어쩐 일이십니까?" 마스터가 물

었다.

"약속이 있어서요. 프렌치 레스토랑에서 만나기로 했어요." 여자는 신이 난 목소리로 대답했다.

"감정 의뢰입니까?"

"그런 거죠. 조금 시간이 남아서 들렀어요."

"그럼 무알코올 칵테일로 드릴까요?"

"좋네요. 그리고 부탁이 하나 있어요."

"식사를 마치고 그 남성분을 이곳에 데려오시겠다고요? 그러니까 감정을 도와달라고."

"정답. 괜찮죠?"

마스터는 어깨를 으쓱했다. "어쩔 수 없군요."

"고마워요."

여자는 스마트폰을 만지기 시작했다. 그 옆모습은 무척이나 진지했다. 감정이 뭘까?

이시자키는 몸을 틀어 여자 쪽을 바라봤다. "저기, 잠시 말씀 좀 묻겠습니다."

설마 말을 걸 줄은 몰랐는지 여자는 놀란 듯 눈을 동그랗게 뜨더니 이어서 경계하는 낯을 지었다. "무슨 일이시죠?"

"이곳에는 자주 오십니까?"

그녀는 일단 마스터 쪽으로 시선을 옮긴 뒤 다시 이시자키를 바라봤다. "종종 오는데요."

이시자키는 가져온 사진을 여자에게 내밀었다. "이 여성분을 보신 적 있으십니까?"

여자는 관심이 없어 보였다. 하지만 무시할 수도 없다고 생각했는지 성가시다는 표정으로 고개를 뻗어 사진을 들여다봤다.

못 봤는데요. 이시자키는 냉담한 대답이 돌아올 것을 각오했다.

하지만 그녀는 뜻밖의 반응을 보였다. 앗, 하는 소리를 흘리더니 눈을 깜빡거렸다.

아십니까? 이시자키는 재차 물었다.

"있는데요."

"있다고요? 이 여성분과 만난 적이 있으시다는 거죠?" 이시자키는 힘주어 말했다.

"만났다고 할까…… 말해본 적은 없어요. 가끔 본 적은 있지만……." 여자는 카운터에 있는 마스터를 올려다봤다. "이분, 몇 번쯤 왔죠?"

"닮기는 했는데 본인인지는 모르겠군요." 마스터의 대답은 석연치 않았다.

이시자키는 자리에서 일어나 카운터 너머로 몸을 내밀었다.

"어떤 분이시죠? 주로 언제 오십니까?"

"아니, 그런 건……." 마스터는 말을 흐리려 했다.

"부탁입니다, 가르쳐 주세요! 이분을 찾고 있습니다. 이분 어머님의 부탁으로요. 부탁드립니다." 이시자키는 카운터에 이마가 닿을 기세로 고개를 숙였다.

피지 않는 나팔꽃

4

중요한 일이 있으니 서둘러 가게로 오라는 다케시의 메시지를 받은 건 오후 8시가 지나서였다. 냉장고에 남아 있는 자투리 재료들을 모아 만든 볶음밥을 먹으며 마요는 삼촌에게 전화를 걸었다.

"중요한 일이 뭔데요?"

"전화로는 설명할 수 없어. 별일 없으면 당장 와라."

마요를 대하는 다케시의 태도는 늘 거만했다.

"지금 밥 먹는데."

"회식 중인 거 아니잖아. 뭘 먹는데?"

"…… 중화요리."

"흥, 집에서 냉동 볶음밥이나 먹고 있겠지."

"아니거든, 직접 만들었거든요!"

"다 먹고 빨리 튀어 와. 오늘 장사는 접었으니까."

"뭐……?" 보아하니 정말 중요한 일인 모양이었다. "대체 무슨 일이에요?"

"전화로는 설명할 수 없다고 했잖아. 그래도 마음의 준비를 할 시간은 줘야겠지. 우에마쓰 가즈미 씨, 정확히는 스에나가 나나에 씨에 관한 일이다."

가슴이 덜컥했다. 수저를 떨어뜨릴 뻔했다. "…… 어떤 일이요?"

"그녀의 유령을 찾아내려는 사람이 가게로 찾아왔어."

심장 고동이 단박에 빨라졌다. 말이 나오지 않았다.

빨리 와라, 다케시는 그렇게 말하고 전화를 끊었다.

마요는 수저를 내려놓았다. 순식간에 밥맛이 떨어졌다. 손을 뻗어 물컵을 집었다.

우에마쓰 가즈미는 마요가 집 리노베이션을 담당했던 고객이었다. 실은 그녀는 엄청난 비밀을 가지고 있었다. 우에마쓰 가즈미라는 건 다른 사람의 이름이고, 본명은 스에나가 나나에라고 했다. 복잡한 사연이 있어서 우에마쓰 가즈미와 스에나가 나나에는 서로의 신분과 이름을 맞바꿨다.

진짜 우에마쓰 가즈미는 이미 고인이 됐다. 스에나가 나나에로 목숨을 끊은 것이다. 그리고 진짜 스에나가 나나에는 현재 우에마쓰 가즈미로서 살아가고 있었다.

그 사실을 아는 건 마요와 다케시뿐이었다. 결코 남에게 말하지 않겠다고 약속한 건 말할 것도 없었다.

30분쯤 지나 마요는 '트랩핸드' 카운터에 앉아 있었다.

"그 사람은 누구예요, 어떤 사람인데?" 다케시에게 사정을 전해 들은 마요는 미간을 찌푸렸다.

"본인 말로는 실버타운의 직원이라더군. 스에나가 나나에 씨의 어머니가 그곳에 있는데, 딸을 찾아달라는 부탁을 받았대." 다케시는 마요 앞에 명함을 내려놓았다. 그곳에는 '빌라 콘시드 설비과 과장대리 이시자키 나오타카'라고 적혀 있었다.

"찾아달라니 그게 무슨 말이에요? 스에나가 나나에 씨는 죽은 걸로 마무리된 거 아니었어요?"

"그걸 잘 모르겠어. 이시자키 씨는 나나에 씨를 찾아달라는 부탁을 받았다고 말할 뿐, 생사에 대해서는 전혀 언급하지 않았거든."

"그럼 모르는 건가?"

"그럴지도 모르고, 알지만 굳이 말하지 않은 걸지도 모르지."

"왜 그걸 확인 안 했어요?"

"뭐라고 하면서 물어볼 건데? 스에나가 나나에 씨는 자살했을 텐데요, 그렇게 말하라는 거냐? 그쪽에서 그걸 어떻게 아냐고 하면 뭐라고 답할 건데."

그것도 그런가. 마요는 콧잔등을 찌푸렸다.

"골치 아파. 왜 일이 이렇게 됐지."

"스에나가 씨 어머니의 지인이 이 가게로 들어가려는 나나에 씨를 우연히 보고 그 일을 편지에 썼다는군. 그걸 읽고 어머니의 마음에 불이 붙었지. 그 지인은 나나에 씨의 어린 시절 피아노 선생님이어서 잘못 본 건 아닐 거라고 말한 모양이야."

다케시의 이야기를 듣고 마요는 고개를 절레절레 저었다. "참 쓸데없이 참견하는 사람이 있다니까."

"이시자키 씨가 사진을 보여줬을 때는 비슷하지만 본인인지 아닌지는 단정할 수 없다고 얼버무렸는데, 우연히 가게에 들른 미나 씨가 우에마쓰 씨의 얼굴을 기억하고 있었는지, 이시자키 씨한테 여기서 몇 번 본 적이 있다고 말해버렸어. 그 상황에서 계속 시치미를 뗄 수도 없었지."

진나이 미나는 '트랩핸드'의 단골손님이다. 신데렐라 스토리를 꿈꾸는 여성으로 괜찮은 남자를 만나면 '트랩핸드'로 데려와 진짜 부자인지 아닌지 다케시의 의견을 구했다. 우에마쓰 가즈미, 즉 스에나가 나나에도 단골손님이었기에 진나이 미나가 얼굴을 기억하고 있어도 이상할 건 없었다.

"가게에는 종종 오는데 이름이나 연락처는 모른다고 우기면 됐잖아요. 삼촌은 소설 쓰는 데 능수능란하니까 잘 구워삶을 수 있었을 텐데."

"소설을 쓴다니. 화술이라고 해라, 화술이라고."

"그 화술을 왜 구사하지 않으셨냐고요."

"상황적으로 얼버무리는 건 좋지 않다고 판단했지. 그보다 우선해야 할 일은 이시자키 씨가 어떤 카드를 가지고 있는지를 확인하는 거였고."

"카드?"

"설령 내가 이시자키 씨를 잘 구워삶아서 그가 다시는 우리 가게에 오지 않는다고 해도, 다른 수단으로 나나에 씨의 정보를 알아내려 할지도 모르잖아. 그가 가지고 있는 단서가 '트랩핸드'만이라는 보장도 없고. 만일 달리 강력한 카드를 갖고 있고, 그걸 이용해 나나에 씨에게 접근하게 되면, 우리는 이제 손을 쓸 수가 없지. 그렇다면 일단 이쪽으로 끌어들여 협조하는 척하면서 상대의 속내를 알아내는 게 좋지 않겠니?"

마요는 고개를 틀며 팔짱을 꼈다. "그렇게 말하니 그런 것 같기도 하네요……."

"그래서 이시자키 씨에게 널 소개할 수밖에 없었다."

"거기서 왜 내 이름을 꺼낸 건데요?"

"어쩔 수 없잖냐. 누군가가 이시자키 씨를 상대하며 정보를 끌어내야 하는데. 그 일을 해낼 수 있는 사람이 달리 있어? 애초에 나나에 씨 건은 너한테 중대한 책임이 있어. 그 점을 잊지 마라."

"나만? 삼촌은 상관없다는 거예요?"

"관찰자로서의 책임은 느끼고 있다."

"관찰자? 그런 일들을 해놓고 관찰자요?"

"시끄럽다. 나도 같이 있을 테니 꿍얼거리지 마."

마요는 다케시를 노려봤다. "위기에 처하면 도와줄 거죠?"

"최대한 돕겠지만, 상대가 어떤 카드를 꺼낼지 모르니 장담할 수는 없고."

"와, 무책임해……."

"좀 난처해지면 시치미를 떼버려. 일이 틀어지더라

도 절대 상황을 모면하기 위해 거짓말은 하지 말고. 나중에 말 맞추는 게 큰일이니까."

"알았어요. 그나저나 이 일은 우에마쓰 씨한테도 말해야 하나?"

"일단은 우리만 알자. 본인에게 말한들 득 되는 것도 없고 괜히 불안하게 만들 뿐이지. 우리가 이시자키 씨의 이야기를 듣고 작전을 짜 보자고."

　이튿날, '트랩핸드'의 영업 시작 전에 마요는 가게를 찾았다. 오후 5시에 이시자키와 만날 약속을 했기 때문이다.

　"'빌라 콘시드'에 대해서 알아봤다." 다케시가 스마트폰 화면을 보며 말했다. "간호 서비스를 제공하는 유료 실버타운이야. 모두 164세대고, 입주 조건은 육십 세이상, 자립한 사람인 모양이야. 입주자 2.5명당 담당 직원 한 명이라니 서비스 질은 낮지 않을 거야. 그래서 저렴한 편도 아니고. 입소 시 초기 비용만 이천만 엔이 넘는 고가고, 입소 후에도 달마다 십만 엔 이상 내야 해."

　"그런 고급 시설에 들어가는 사람 대다수는 집을 처분하고 그 돈으로 비용을 댈걸요. 스에나가 씨 어머니도 아마 그러지 않았을까."

　"앞으로 목돈이 필요할 일도 없을 테니 말이야. 남은 돈을 딸을 찾는 데 쓰려는 건가. 이시자키 씨에게 섭섭지 않게 사례한다고 했을지도 모르지. 그렇다면 이시자키 씨도 쉽게 물러서지는 않을 거야."

무슨 일이든 자기 잣대로 생각하는 게 다케시의 버릇이었다. 세상에 호의나 선의만으로 움직이는 사람이 있을 거라고 생각하지 않는 것이다.

"그나저나 스에나가 씨 어머니는 왜 이제 와서 그런 부탁을 했을까요. 나나에 씨의 장례도 치렀을 텐데."

"그런 사정을 잘 캐내봐야지. 좌우지간 중요한 건 스에나가 씨 어머니가 우에마쓰 씨를 만나봐야겠다는 소리가 절대 나오지 않게 하는 거야. 시신이야 부모라도 착각할 수 있지만, 살아 있는 딸을 보고 다른 사람이라고 할 가능성은 없다고 봐야겠지."

"그렇게 되면 지금까지 한 일들이 모두 헛수고가 되겠네."

"그럴 일 없도록 정신 단단히 차리고 임해." 다케시는 마요 앞에 병 하나를 내려놓았다. 비타민 음료였다.

마요는 힘을 주어 뚜껑을 열어 잘 마시겠습니다, 하고 단번에 들이켰다. 맛이 있다고는 할 수 없지만, 덕분에 기합이 들어갔다.

스마트폰 시계가 오후 5시로 바뀐 직후에 출입문이 열렸다.

느릿한 동작으로 들어온 건 다소 살집이 있는 중년 남성이었다. 마요를 보고 살짝 고개를 숙였다.

"어서 오십시오." 다케시가 인사를 건넸다. "들어오시죠."

남성이 조심스레 들어오는 걸 보고 마요는 자리에서 일어났다.

"이쪽이 어제 말씀드린 제 조카 가미오 마요입니다." 다케시가 말했다.

이시자키는 가방을 뒤져 명함을 꺼냈다. "시간 내주셔서 감사합니다."

마요도 황급히 명함을 꺼냈다.

"앉으시죠." 다케시가 카운터 안쪽에서 말했다. "이렇게 오셨으니 뭔가 드시겠습니까? 물론 제가 대접하겠습니다."

"아뇨, 저는 괜찮습니다. 장소도 제공해 주셨는데 음료까지 대접받을 수는 없죠."

"난 기네스로 주세요."

"알았다."

말문이 막힐 때를 대비해 마실 것을 가지고 있으라는

다케시의 조언이 있었다.

이시자키는 의자에 앉더니 굳은 표정으로 마요를 바라봤다. "죄송합니다만 바로 용건을 말씀드려도 될까요."

마요는 그러시라고 대답했다.

이시자키는 무릎 위에 올려놓은 가방에서 사진 한 장을 꺼냈다. "이 여성분과 아는 사이시라고 들었습니다."

그것은 스에나가 나나에가 우에마쓰 가즈미와 만나기 전의 사진 같았다. 등 뒤에 책장이 찍힌 걸 보니 근무하던 서점에서 찍은 사진이겠지.

"아십니까?" 이시자키는 마요의 얼굴을 들여다보며 물었다.

신중하게 대답해야 하는 국면이었다. 전혀 모르는 사람이라고 하면 진나이 미나가 한 말과 앞뒤가 맞지 않는다. 그렇다고 안다고 단언할 수도 없었다.

"이분 성함이 어떻게 되나요?" 마요는 사진을 든 채 물었다.

"스에나가 씨라고 합니다. 스에나가 나나에입니다."

"스에나가 씨……." 그런 이름은 처음 듣는다는 양 고개를 갸웃했다. "죄송하지만 제가 아는 분이 아닌 것 같은데요. 분명히 분위기나 생김새는 비슷하지만, 이름이 전혀 다르네요." 그렇게 말한 뒤 사진을 되돌려줬다. "도플갱어처럼 닮은 사람이겠죠."

"그분 성함이 어떻게 됩니까?" 이시자키가 물었다.

"그건 좀…… 개인정보라서요."

"본명인가요? 가명은 아니고요?"

"그건 아니에요. 서류를 통해 확인했거든요. 그래서 다른 사람이라고 단언하는 겁니다."

"어떤 서류입니까?"

"아까 드린 명함을 보면 아시겠지만, 저는 건축 사무소에서 리노베이션 일을 합니다. 그분과도 그 인연으로 알게 됐고요. 때문에 주민등록이나 신분증, 인감도 확인했습니다. 모두 진짜 서류였고, 본인이 아니면 준비할 수 없는 것이었어요."

"아, 집 리노베이션을……." 이시자키는 의외라는 듯 마요를 바라봤다.

"이제 이해하셨나요?"

이시자키는 한숨을 흘리며 미련이 남은 표정으로 한동안 사진을 보더니 고개를 들었다.

"혹시 그분 사진 같은 걸 갖고 계십니까?"

"사진…… 이요?"

"스에나가 히사코 씨에게 보여드리고 싶어서요. 히사코 씨는 나나에 씨의 어머님이십니다. 사진을 보시면 많이 닮은 남이라는 걸 아시겠지요."

"그러시군요……. 죄송합니다. 사진은 없어요. 찍을 기회가 없었거든요."

"어떻게 구할 수 없겠습니까?"

"사진을요?"

"네. 한 장이라도 있으면 큰 도움이 될 텐데요."

"그렇게 말씀하셔도……."

어떻게 대응해야 할지 몰라서 마요는 다케시를 올려다봤다.

"그 스에나가 히사코 씨는 왜 따님을 찾고 계시는 겁니까?" 카운터 안쪽에서 다케시가 이시자키에게 물었다. "가출을 해서 행방불명된 겁니까?"

"네, 뭐, 비슷합니다." 이시자키는 말끝을 흐렸다.

"따님의 짐은 지금 어디 있습니까?"

"짐이요?"

"네, 설마 살림을 다 가지고 사라진 건 아닐 거 아닙니까. 남은 짐을 살펴보면 따님의 행방을 알아낼 수 있을지도 모릅니다. 그래서 짐이 어디 있냐고 여쭤본 겁니다."

"아, 그건 스에나가 씨가 보관하고 있습니다만……."

"따님은 스에나가 씨와 같이 사셨던 겁니까?"

"아뇨, 도쿄에서 혼자 살았다고 합니다. 그러니까 가출이라는 말이 어폐가 있군요."

"그 집은 어떻게 됐습니까?"

"정리했다고 들었습니다만……."

"정리했다고요?" 다케시는 과장되게 몸을 뒤로 뺐다. "왜죠?"

"그야……." 거기까지 말하고 나서 이시자키는 입을 우물거렸다.

"임대차 계약은 본인이 했을 거 아닙니까? 그 본인이 행방불명이라고 해서 살던 집을 정리하는 건 좀 그렇지 않습니까? 언제 훌쩍 돌아올지도 모르는데. 애초에 아무리 혼자 살았다고 해도, 쓰던 살림살이를 전부 실버타운에 수납하는 게 가능합니까?"

피지 않는 나팔꽃

다케시의 입에서 쉬지 않고 쏟아지는 의문에 이시자키의 얼굴은 순식간에 하얗게 질렸다. 카운터에 올려놓은 손가락 끝이 움찔거렸다.

이내 그는 죄송합니다, 하고 고개를 숙였다.

"제가 거짓말을 했습니다. 처음부터 사실대로 말씀드렸어야 하는데, 믿어주실지 자신이 없어서 어쩔 수 없이 거짓말을…… 정말 죄송합니다. 모두 솔직하게 말씀드리겠습니다. 사실 스에나가 나나에 씨는 여덟 달 전쯤에 스스로 목숨을 끊었습니다."

고개를 숙인 채 좌절한 듯 말하는 이시자키를 보며 마요는 어떤 반응을 보여야 할지 짐작도 가지 않았다. 아무것도 모르는 사람이었다면 놀라거나 아니면 의미를 파악하지 못해서 당혹스러워할 국면이겠지만 마요는 누구보다 그들의 사정을 잘 알고 있었다.

이시자키 씨, 하고 다케시가 서늘한 목소리로 불렀다.

"그게 무슨 말씀이십니까? 스스로 목숨을 끊었다는 건 비유적 표현입니까? 저희가 알아들을 수 있게 설명해 주십시오."

아주 대단한 배우 나셨어. 마요는 삼촌의 연기력에

혀를 내둘렀다. 놀란 척을 하는 게 일반적이겠지만, 그러면 리얼리티가 떨어진다는 걸 아는 것이다.

"네, 말씀드리겠습니다. 제가 제대로 설명할 수 있을지 모르겠고, 믿어주지 않으실지도 모르지만, 모두 사실입니다." 이시자키가 고개를 들었다. 얼굴이 달아올라 있었다.

"그선에 목을 축이시는 게 좋겠군요." 다케시는 냉장고에서 맥주를 꺼내와 이시자키 앞에 잔을 놓고 천천히 부었다. "한잔하시고 좀 진정하시죠."

"네, 감사합니다. 정말 죄송합니다."

맥주를 홀짝거리며 이시자키는 이야기를 시작했다. 그 내용의 절반은 마요가 이미 알고 있는 것이었지만 나머지 절반은 아니었다. 특히, 스에나가 히사코가 경도의 치매 증상을 보이고 있다는 이야기는 예상치 못한 것이었다.

"날마다, 라고 해야 할까, 그때그때 증상이 전혀 달랐습니다. 아주 멀쩡하게 말씀하시다가도, 갑자기 모든 걸 잊어버린 것처럼 바뀌고는 합니다. 나나에 씨의 죽음을 받아들이지 못하는 것이 병 때문이라는 생각도

들지만, 그 이야기를 할 때의 스에나가 씨는 무척 차분하고 논리적입니다."

야마무라 요코라는 옛 지인이 보낸 편지를 읽은 건 스에나가 히사코의 상태가 좋았을 때였다고 한다. 도쿄에서 나나에와 비슷한 여성을 목격했다는 내용을 읽고 나서 딸이 맞는지 확인해 달라고 이시자키에게 부탁했다고 한다.

"솔직히 저는 나나에 씨가 살아 있다고 생각하지 않습니다. 하지만 스에나가 씨의 마음을 생각하면 그저 손 놓고 있을 수 없어서…… . 그래서 야마무라 씨가 보신 게 꼭 닮은 다른 사람이라면, 그 증거라도 가져가서 보여드리고 싶은 겁니다."

"이시자키 씨는 스에나가 씨를 정말 위하시는군요."

마요는 솔직한 심정을 말했다.

"아니, 그런 건…… . 단지 조금 신경이 쓰이는 일이 있어서요."

"무슨 일인데요?"

"남의 사정을 함부로 말하기도 그런데, 이대로 가다가는 스에나가 씨가 경제적으로 힘들어질 것 같아서요. 가끔 부탁을 받아서 현금인출기에서 돈을 뽑아다 드리는데, 여유가 있는 상황은 아닙니다."

"그런가요? 하지만 고급 실버타운에 입주하려면 어느 정도 자금이 필요하지 않나요?"

"그건 그런데, 스에나가 씨의 경우에는 돌발적인 사정으로 목돈이 필요해졌거든요."

"돌발적인 사정이라니요?"

"배상금입니다."

이시자키의 입에서 나온 건 생각지도 못한 단어였다.

"나나에 씨가 살던 집주인이 스에나가 씨에게 손해배상을 청구했습니다. '사고 물건(事故物件)'이라 하죠. 살던 사람이 자살했으니 새로운 세입자를 구하기도 힘들고, 운 좋게 구한다고 해도 월세를 상당히 내려서 받아야 한다더군요. 그래서 집주인이 손해 본 금액을 배상해 달라고 소송을 건 겁니다. 스에나가 씨에게 정확한 금액을 듣지는 못했습니다만, 이것저것 합쳐서 천만 엔쯤은 될 거라고 다들 그러더군요."

"아, 그런 사정이었군요."

마요는 아직 맡아본 적 없지만 사고 물건이 된 집을

피지 않는 나팔꽃

리모델링하고 싶다는 의뢰는 흔했다. 손해 배상을 해야 하는 처지야 고통스럽지만, 계획했던 임대료를 받지 못하게 된 임대인의 괴로움도 이해가 갔다.

"만일 스에나가 씨가 실버타운 이용료를 내지 못하게 되면 어떻게 되나요?" 마요가 물었다.

"정말 죄송합니다만, 그럴 경우에는 시설에서 나가 주셔야 합니다. 계약 내용이 그렇거든요."

"스에나가 씨는 현재 경도의 치매를 앓고 계시는 거죠." 다케시가 확인했다. "본격적인 치매가 진행된 경우도 나가야 합니까?"

"지금 사시는 곳에서는 나가셔야 합니다. 그 대신 저희 시설 옆에 있는 요양 시설로 옮기게 되죠. 계약서에 명시된 사항이거든요. 하지만 그것도 이용료를 지불하는 게 전제고요."

사태의 심각성은 마요도 똑똑히 알 수 있었다. 이대로 가다가는 스에나가 히사코는 치매 상태로 길에 나앉을 가능성이 있었다.

"스에나가 씨가 경제적으로 압박을 받고 있다는 사실은 알겠습니다. 그게 나나에 씨의 죽음과 어떻게 관련됐다는 거죠?" 다케시가 질문했다.

"아까 나나에 씨의 짐은 스에나가 씨가 보관하고 있다고 말씀드렸죠. 실은 짐 말고도 또 있습니다."

"그게 뭡니까?"

"나나에 씨 명의의 예금 통장과 인감, 카드 같은 것도 스에나가 씨의 방에 있습니다. 게다가 그것들의 해약 수속을 아직 하지 않았습니다. 해약은커녕 나나에 씨의 사망 사실을 은행에 알리지도 않은 것 같더군요……."

"그럼 계좌는 동결되지 않고 그대로 있는 겁니까?"

다케시의 물음에 이시자키는 그렇다고 대답했다.

"스에나가 씨에게 들은 이야기로는, 계좌 잔액이 상당한 모양입니다. 아마 앞으로 스에나가 씨의 생활비를 걱정하지 않아도 될 정도로요."

"그럼 고민할 것도 없지 않습니까? 나나에 씨는 세상을 떠났으니, 스에나가 씨에게 상속권이 있죠. 보통 부모의 유산은 자녀가 상속하지만, 반대 경우도 법적으로는 아무 문제도 없습니다."

"그 말씀이 맞습니다만, 스에나가 씨에게 그럴 생각이 없는 게 문제입니다."

피지 않는 나팔꽃

"그럴 생각이 없다고요?"

"스에나가 씨는 나나에 씨가 아직 살아 있다고 믿고 있습니다. 상속을 받는다는 건 딸의 죽음을 받아들이는 것이나 마찬가지죠. 이 때문에 완강하게 상속을 거부하고 계십니다. 나나에 씨의 예금 통장에는 전혀 관심이 없는지 불단 서랍에 대충 넣어뒀습니다."

그렇게 된 건가. 마요는 눈앞이 캄캄해졌다. 아무래도 사태는 생각보다 훨씬 복잡한 것 같았다. 천하의 다케시도 곤혹스러운 기색이 역력했다.

요컨대, 다케시가 말문을 열었다. "스에나가 씨가 나나에 씨의 유산을 상속받게 하기 위해서라도, 딸의 죽음을 받아들이게 할 필요가 있다는 말씀이시군요."

그렇습니다, 하고 이시자키는 고개를 끄덕였다.

"그러니까 야마무라 씨가 목격한 여성은 꼭 닮은 다른 사람이었다는 증거가 필요한 겁니다."

"하지만 그 증거를 보여주더라도 스에나가 씨가 딸의 죽음을 받아들일 거란 보장은 없지 않나요?"

마요의 물음에 이시자키는 그 말이 맞다며 힘없이 웃었다.

"이번에는 납득하더라도, 앞으로 분명 같은 일이 반복되겠죠. 그때마다 또 말씀드리는 수밖에 없죠. 솔직히 그분의 경우 그게 나을 것도 같고요."

"왜 그렇게 생각하십니까?"

"이렇게 말하기는 그렇지만, 스에나가 씨에게 무슨 일이 생겨도 아마 임종을 지켜줄 사람은 없을 것 같습니다. 면회 오는 분도 없거든요."

"그렇습니까."

"그렇다면 차라리 딸이 어딘가에 살아 있다고 생각하는 게, 그나마 외롭지 않고 행복할지도 모른다는 생각이 들더군요." 이시자키는 아련한 표정으로 중얼거리더니 헉, 숨을 삼켰다. "죄송합니다. 쓸데없는 소리를 지껄였군요. 두 분과는 상관도 없는 얘기인데."

"실버타운에서 일하는 것도 보통 일이 아니군요."

"그렇긴 한데 즐거운 일도 많습니다. 작은 행사를 열어서 어르신들이 즐거워하는 모습을 보면 저도 기쁘고요."

아, 맞다, 이시자키는 가방에서 팸플릿을 꺼냈다.

"다음 달에 가을 축제를 엽니다. 꽤 대규모 행사라 작년에도 분위기가 달아올랐죠. 올해는 출연자가 적어서

피지 않는 나팔꽃

조금 걱정입니다만."

다케시는 정중한 표정으로 팸플릿을 받았다. "도움
이 되지 못해서 죄송합니다."

"아닙니다, 이야기를 들어주신 덕에 답답한 속이 조
금 풀렸습니다. 시간 내주셔서 감사합니다."

이시자키는 자리에서 일어나 공손하게 고개를 숙였다.

6

이시자키가 가게를 나가 문이 완전히 닫히는 걸 확인한 뒤, 마요는 깊은 한숨을 내쉬었다. "어휴, 힘들어."

손대지 않은 흑맥주 잔을 들었다. 하얀 거품은 거의 사라지고 없었다. 그래도 한 모금 마시니 적당한 자극이 맥주 향과 함께 목을 타고 내려갔다.

"그래도 어찌 됐건 이시자키 씨가 수긍한 것 같군."

"다행이야. 다시 이곳에 찾아오지는 않겠죠."

"아마도. 하지만 이걸로 문제가 해결된 걸까."

"네? 무슨 소리예요?"

다케시는 대답 없이 카운터 안쪽에 있는 문을 열고 나오시죠, 하고 말했다.

이내 그곳에서 나온 인물을 보고 마요는 흑맥주를 뿜을 뻔했다. 굳은 표정의 우에마쓰 가즈미, 스에나가 나나에였다.

"우에마쓰 씨!" 마요는 언성을 높였다. 처음 만났을 때부터 이 이름으로 불러서 이제 와서 바꾸기도 뭣했고, 그럴 필요도 없었다.

마요는 어찌 된 일이냐는 눈빛으로 다케시를 바라봤다. "이시자키 씨 일은 우에마쓰 씨에게 알리지 않겠다면서."

"생각이 바뀌었어. 역시 알려야 할 것 같아서. 그러면 우리가 설명하기보다 본인의 눈과 귀로 확인하시는 게 좋을 것 같아서."

"그럼 나한테도 일러주지 그랬어요."

"너한테 말하면 나나에 씨를 의식해서 행동거지가 어색해질 위험이 있으니까. 이렇게 알려줬으면 된 거 아니냐."

"그건 그런데……."

뭔가 석연치 않았다. 성인 대접을 못 받는 것 같아서였다.

"어떠십니까?" 다케시가 나나에게 물었다. "이시자키 씨 이야기를 듣고 뭔가 마음에 걸리시는 게 있습니까?"

나나에는 고개를 갸웃했다.

"뜻밖이네요. 어머니가 아직 내 죽음을 받아들이지 못하다니. 장례까지 치렀는데……."

"인간의 뇌는 신기하죠. 그때는 의문으로 느끼지 못했던 일이 나중에 마음에 걸리는 경우는 많습니다. 특히 어머님의 경우, 병으로 기억이 애매해지기도 해서, 문제가 더욱 복잡해졌을 가능성도 있죠."

"그 점도 예상 밖이었어요. 그 사람이 치매라니……."

"치매란 말을 쓰기는 아직 이르죠." 다케시는 고개를 살짝 저었다. "이야기를 들어보니 경도 인지장애라 불리는 단계인 것 같습니다. 건강한 사람처럼 사고 활동이 가능한 경우도 많다고 하니까요. 하지만 치매로 발전할 가능성도 생각해 두는 게 좋을지도 모릅니다."

"그 사람에게 어울리는 말년이네요. 뭐든 자기 뜻대로 될 거라 확신하고, 남의 마음은 안중에 없이 멋대로 살아왔는데 마지막에 치매를 얻어 자기가 누군지도 모른 채 죽어가다니…… 과연 그 사람다운 결말이에요."

"이시자키 씨의 이야기에 따르면 경제적인 문제도 발생한 모양입니다. 집주인이 배상을 청구할 줄은 모르셨지요?"

"저도 듣고 좀 놀랐어요. 하지만 생각해 보면 당연하죠. 세입자가 집에서 자살했으니, 집주인에게도 그런

민폐가 없죠. 저도, 우에마쓰 씨도 미처 거기까지 생각하지 못했어요. 하지만 이시자키 씨의 말대로 그 배상액을 치르고도 남을 돈을 제 계좌에 넣어뒀는데……."

"그 계좌는 스에나가 나나에 씨 명의의 계좌죠?"

다케시의 물음에 나나에는 그렇다고 대답했다.

"우에마쓰 가즈미 씨의 계좌에서 현금을 인출해서 스에나가 나나에의 계좌에 입금했어요. 모두 은행 창구를 통했죠. 두 번 다 신분증을 요구했지만, 수상하게 여기지는 않았어요.

마요는 그럴 법도 하다고 생각했다. 그녀는 우에마쓰 가즈미이자 스에나가 나나에니까. 증명사진이 들어간 진짜 신분증을 당당하게 내밀 수 있다.

"하지만 우에마쓰 씨가 일부러 준비해 둔 유산을 어머님이 상속받지 않은 모양이군요." 다케시가 말했다. "그 얘기는 어떻게 생각하십니까?"

"그렇게 말씀하셔도……." 나나에는 어깨를 으쓱했다. "뭐라 대답할 말이 없네요. 진실이 무엇이든 스에나가 나나에라는 사람은 이 세상에서 사라졌어요. 적어도 국가 서류상으로는요. 상속을 받든 안 받든 그 사람 선택이지만, 다른 사람에게 피해가 가지 않으면 좋겠네요."

"그 점이 걱정되는군요. 이시자키 씨의 이야기로는 스에나가 씨 본인의 예금은 머지않아 바닥을 드러낼 것 같으니까요. 그러면 생활비를 내지 못하겠죠."

"그렇게 되면 그 사람도 상속을 받지 않을까요? 자존심이 센 사람이라 낼 돈을 연체하거나 빚을 지고는 못 견딜 테니까요."

"하지만 그전에 병세가 악화돼 치매 진단을 받으면 일이 복잡해집니다. 상속 절차를 밟지 못하게 되니까요."

"왜죠? 그때는 누가 대신해 주면 되잖아요."

"그건 안 될 말입니다." 다케시는 즉각 부정했다. "설령 치매라 해도 스에나가 씨가 정식 상속권을 가진 이상, 그녀의 의견을 무시하고 절차를 밟을 수는 없죠. 유일한 방법은 대리인을 지정하는 것입니다만, 치매 진단을 받기 전에 마무리해야 합니다. 물론 본인의 동의가 필요하죠."

"어쨌든 스에나가 씨가 치매에 걸리기 전에 손을 써야 한다는 거죠?"

마요의 질문에 다케시는 그래, 하고 대답했다.

"그러지 않으면 나나에 씨의 유산이 허공에 붕 뜨고 말아."

나나에는 인상을 썼다.

"이럴 줄 알았으면 우에마쓰 씨가 떠나기 전에 아버지 계좌로 돈을 보낼 걸 그랬어요. 아버지가 돈이 입금된 걸 보고 혹여라도 저한테 연락하면 일이 성가셔질 것 같아서 그만뒀는데……."

"계좌는 동결되지 않았으니 지금부터 어머니 계좌로 입금하면 어떨까요?" 마요가 물었다.

"유감이지만 통장도, 인감도 저한테 없어요."

"있다고 해도 본인이 입금할 수는 없지." 다케시가 말했다. "언젠가는 은행도 스에나가 나나에 씨의 사망 사실을 알게 될 텐데, 과거 기록을 조사했을 때 본인 사후에 돈이 입금된 사실이 있으면 의구심을 가질 테지. 어떤 지점에서 누가 입금했는지 분명 확인할 거고. 은행 안 CCTV에 본인의 모습이 찍히기라도 하면 난리가 날 거야."

냉정한 목소리에 마요는 짜증이 솟구쳤지만 다케시

의 말에 틀린 곳은 없었기에 반박할 수 없었다.

"그럼 인터넷 뱅킹을 쓰는 건 어때요? 누가 송금을 했는지 모르게."

"불가능해요. 거래하려면 OTP카드가 필요한데……." 나나에가 말했다.

"그것도 어머니가 갖고 계십니까?"

"그럴 거예요."

마요는 머리를 긁적였다. "그럼 방법이 없는 건가요?"

"아니, 방법이 있긴 있어."

그렇게 말하며 다케시가 집어 든 건 이시자키가 두고 간 팸플릿이었다.

　　　　　　　피지 않는 나팔꽃

7

안경을 쓴 작은 체구의 중년 여성이 대기실로 들어
왔다. 그녀는 마요 일행을 보고 공손히 인사를 건넸다.
가슴에 '사카타'라고 적힌 명찰을 달고 있었다.

"원장인 사카타입니다. 오늘은 먼 데까지 걸음해 주
셔서 정말 감사합니다. 이시자키 과장에게 이야기를
듣고 얼마나 놀랐는지 몰라요. 그런 고마운 분이 계시
다니……."

별말씀을요, 하고 다케시가 살짝 손사래를 쳤다. 검
은 턱시도 차림이었다.

"조만간 어느 이벤트 회장에서 쇼를 하게 됐는데, 오
랜만이라 조수와 호흡을 맞출 겸 본무대와 똑같은 리
허설을 하고 싶었습니다. 실버타운에서 위문 공연이라
면 예행 연습으로 더할 나위 없죠. 관객분들이 어르신
들이니 약간의 실수를 하더라도 알아채지 못하실 테니
까요."

"그럴 리가요. 젊으실 적에는 미국에서 활약하셨다
고 들었습니다. 그렇죠?" 옆에 있는 이시자키에게 동

의를 구했다.

이시자키는 네, 하고 대답했다.

"가미오 씨의 제안을 받고 인터넷에서 검색해 봤는데 깜짝 놀랐습니다. 라스베이거스 무대에 서신 적도 있던데, 예명은 사무라이……."

"거기까지만 하시죠." 다케시가 오른손을 내밀어 이시자키의 말을 막았다. "다 옛날 일입니다."

이시자키는 당혹스러운 눈치였다. 다케시의 심기를 건드릴 뻔한 사실을 알아채지 못한 것이리라.

"아무튼 그런 분의 쇼를 가까이서 볼 수 있다니 정말 감사한 일이네요."

원장이 분위기를 달래듯 말했다.

"부담스러우니 옛날이야기는 그쯤 하시죠. 저는 몰라도 조수 두 명은 오늘이 데뷔 무대거든요."

"어머, 그러시군요." 원장은 마요를 보았다.

마요는 잘 부탁드립니다, 하고 고개를 숙였다.

저희가 부탁드려야 하죠, 그렇게 대답한 뒤 원장은 손목시계를 내려다봤다.

"시간도 얼마 없는데 저희가 방해하면 안 되니까 그

만 가보겠습니다. 무대 기대하겠습니다."

"부디 무대를 즐겨주십시오." 다케시는 그렇게 인사를 한 뒤 밖으로 나가는 사카타 원장을 배웅했다. 문이 닫히자 돌아보며 "원장님 기분이 꽤 좋으신 듯 보이네요" 하고 미소를 지었다.

"그야 그렇겠죠." 이시자키의 목소리 톤이 살짝 높아졌다. "출연자가 부족해서 난감한 상황이었는데, 하늘에서 동아줄이 내려온 것이나 마찬가지니까요. 마술쇼는 오랜만이고, 덤으로 교통비 말고 출연료도 안 받으시겠다니 저희로서는 꿈같은 이야기죠. 가미오 씨에게 처음 제안을 들었을 때는 믿을 수가 없었습니다."

"과찬의 말씀이십니다." 다케시가 어깨를 으쓱했다. "아까도 말씀드렸지만 저희도 예행 연습이 필요했던 참이라 잘됐습니다. 신경 쓰지 마시죠."

"그렇게 말씀해 주시니 마음이 조금 편하군요. 그럼 저도 실례하겠습니다. 잘 부탁드리겠습니다."

"네, 맡겨주십시오."

이시자키가 나간 뒤 다케시는 다시 두 사람을 돌아봤다. "준비와 각오는 됐나?"

마요는 옆에 있는 나나에와 마주 봤다. 새빨간 차이나드레스 차림의 그녀는 감염을 방지한다는 명목으로 마스크를 쓰고 있었다. 이시자키에게 맨얼굴을 보일 수는 없었기 때문이다. 하지만 그 눈동자는 불안한 듯 흔들렸다. 마요는 제 표정도 그럴 것이라 생각했다.

"대답은?" 다케시가 재차 물었다.

"준비는 된 것 같은데." 마요는 말을 이었다. "각오는 아직 모르겠네."

다케시는 얼굴을 찌푸렸다.

"마음 단단히 먹어. 나름대로 연습했으니 자기를 믿으라고."

"말은 쉽지만……."

"불안하시죠?" 다케시는 나나에를 향해 물었다.

"불안하지만 여기까지 왔으니 해내야죠."

"훌륭한 마음가짐입니다."

마요는 옆에 놓인 전신 거울을 들여다봤다. 고딕풍의 롤리타 원피스를 입은 제 모습을 보니 부담감이 밀려왔다. 이 꼴로 남들 앞에 나서야 한다니.

스에나가 나나에의 예금을 스에나가 히사코의 계좌

로 이체하기 위해서는 인터넷 뱅킹을 사용하는 수밖에 없었다.

하지만 그러기 위해서는 히사코의 방에 있는 OTP카드가 필요했다. 거기에 어떻게 접근할 것인가. 해결책으로 다케시가 내놓은 아이디어는 실버타운의 가을 축제에 마술사 팀으로 잠입하는 것이었다.

"우리가 의심을 사지 않고 실버타운에 들어가기 위해서는 이것밖에 방법이 없다. 죽어도 싫다면 대안을 제시하든지."

다케시는 그렇게 말했지만 대안 같은 건 떠오르지 않았다. 게다가 나나에는 다케시의 제안을 받아들이겠다고 했다. 재미있어 보인다는 이유에서였다.

그리하여 다케시가 이시자키에게 연락을 했고 일은 일사천리로 진행됐다. 그런 상황에서 돌이킬 수도 없었다.

주말은 다케시가 빌려둔 스튜디오에서 맹연습을 했다.

노크 소리가 난 뒤 문을 열고 여성 직원이 얼굴을 내밀었다. "팀 가미오 여러분, 준비는 다 되셨나요?"

"저희는 언제든 준비돼 있습니다." 다케시가 그렇게

답하며 일어났다. "자, 그럼 트럼프 걸스, 출전의 시간이다. 아, 그 전에 가면 쓰는 걸 잊지 말고."

다케시의 말에 마요는 의자 위에 놓아둔 가면을 집어 들었다.

무대 뒤에서 대기하는 동안 누구나 들으면 마술쇼를 떠올리는 곡이 흘러나왔다. '엘 빔보(El Bimbo)'라는 제목은 이번에 처음 알았다. 쇼쿄쿠사이 스미에라는 여성 마술사가 1975년 즈음부터 사용하기 시작한 걸 계기로 일본 마술계에도 널리 쓰였다고 한다. 말하자면 정석적인 음악인데 미국에서 활동했던 다케시가 그 곡을 쓴다는 이야기를 듣고 마요는 뜻밖이라는 생각이 들었다. 너무 평범하다 생각하지 않을까?

"모르는 소리. 공연자뿐 아니라 관객도 함께 즐기며 만들어 가는 게 대중 예술의 본질이다. 그러니까 배경 음악도 관객들이 흥겨워하는 것이어야 하지. 더구나 이번 관객들은 고령층이잖아. 어르신들이 낯설다고 할 만한 음악은 안 돼. 그 점에서 '엘 빔보'를 틀어두면 설명하지 않아도 관객들은 우리가 마술사라 생각하고, 앞으로 마술 공연을 시작하리라 예상하겠지. 이렇게

편한 음악을 왜 안 쓰겠어."

통달한 표정으로 말하는 다케시를 보고 마요는 아, 그러세요, 하고 맞장구를 칠 수밖에 없었다.

친숙한 음악이 흘러나오는 가운데 세 사람은 무대에 올랐다. 무대라 해도 높은 단이 설치된 건 아니었다. 홀에 가져다 놓은 철제 의자에 실버타운 입주자들이 앉아 있었다.

다케시가 마술을 선보이기 시작했다. 일단은 아무것도 없는 곳에서 차례차례 꽃을 등장시키는 마술이다. 허공에서 차례차례 꽃이 나타나는 방식이다. 조수들이 꽃을 받아서 관객들에게 꽃다발로 선물하기로 돼 있었다. 자세히 보면 저렴한 조화지만 분위기를 탄 관객들은 즐거워했다.

꽃을 모두 꺼낸 다케시는 두 손을 펼치며 관객들과 마주 봤다.

"안녕하세요, '빌라 콘시드'의 여러분. 저희 쇼를 보러 와주셔서 진심으로 감사드립니다. 저는 마술사 가미오 다케시입니다. 그리고 오늘 쇼를 도와줄 트럼프 걸스의 하트와 다이아몬드입니다."

다케시의 소개를 받고 마요와 나나에는 화려한 차림으로 생글생글 웃었다. 저마다 트럼프의 하트와 다이아몬드 마크를 본뜬 가면을 쓰고 있었는데 얼굴을 가리지 않았으면 부끄러워 참을 수 없었을 것이다. 트럼프 걸스라는 이름도 좀 민망했지만 어르신들한테는 직구로 가는 게 제일 좋다는 다케시의 자신만만한 주장에 반박할 수 없었다.

쏟아지는 박수를 받으며 마요는 관객석을 둘러봤다. 히사코의 위치는 무대에 오르기 전에 이미 확인했다. 흰머리를 깔끔하게 올린 기품 있는 노부인이었다. 온화한 인상이라 딸을 마음대로 조종하는 몬스터 부모로는 보이지 않았다. 그녀는 지금 다이아몬드 가면을 쓰고 무대에 선 여성이 제 딸이라는 건 꿈에도 모를 것이다.

당사자인 나나에는 생기발랄하게 손을 흔들고 있었다. 두 눈에 어머니의 모습이 비치지 않을 리가 없지만 표정에 변화는 없었다.

"그럼 여러분, 짧은 시간이지만 신기한 마술 세계를 즐겨주십시오."

다케시의 말과 함께 다시 '엘 빔보'의 음량이 커졌다.

몇몇 마술을 선보인 뒤에 다케시가 말문을 열었다.

"그럼 이쯤에서 관객분들과 함께하는 무대를 꾸며보고자 합니다. 트럼프 걸스의 하트와 다이아몬드 양, 무대를 도와주실 분들을 모셔 오겠어요?"

마요는 미리 점찍어 둔 관객들에게 말을 걸었다. 세 번째 관객이 히사코였다.

"어머, 나는 됐어요. 다른 분한테 부탁해요."

"그러지 마시고 도와주세요." 마요는 재차 부탁했다.

"그래요, 스에나가 씨. 모처럼이니까 올라가요."

다행히도 주변 사람들도 함께 권했다. 그제야 스에나가 히사코도 그럼, 하고 자리에서 일어났다.

무대에서는 다케시가 다섯 개의 풍선을 들고 기다리고 있었다. 풍선 색깔은 빨강, 파랑, 노랑, 검정, 하양으로 모두 달랐다.

"이 풍선 중 하나에 오늘의 격언이 들어 있습니다." 다케시가 말했다. "그 풍선을 뽑은 분께는 멋진 선물을 드리겠습니다. 좋아하는 색깔의 풍선을 골라주세요. 앞 분부터 차례로 부탁드립니다."

첫 번째 노부인이 빨간 풍선을 골랐다. 다케시는 빨

간 풍선을 들고 손에 든 바늘로 찔렀다. 터진 풍선 안에는 아무것도 없었다.

"유감이지만 꽝입니다. 다음 분 골라주십시오."

두 번째는 남성이었다. 그는 하얀 풍선을 골랐다. 다케시가 풍선을 터뜨렸지만 역시 꽝이었다.

세 번째 남성도 노란 풍선을 골랐다. 네 번째 여성은 검은 풍선을 골랐다. 하지만 모두 비어 있었다.

마지막이 히사코였다. 물론 우연이 아니라 그렇게 되도록 마요와 나나에가 노인들을 유도한 것이다. 하지만 노인들은 유도당한 줄 모를 것이다.

히사코는 풍선을 고르지 않았다. 파란 풍선만 남아 있었기 때문이다.

다케시는 파란 풍선을 들고 위아래로 흔들었다. 그러자 달그락거리는 소리가 울려 퍼졌다.

"어, 뭐가 들어 있는 것 같군요."

그가 오른손을 가져다 대자 풍선이 뻥 소리를 내며 터졌다. 팔랑팔랑 뭔가가 떨어졌다. 쪽지 같았다.

"이런 게 들어 있었습니다." 다케시가 쪽지를 주워 히사코에게 건넸다. "받으시죠. 직접 확인해 보십시오."

피지 않는 나팔꽃

히사코는 쪽지를 펼쳤다. 그 눈이 동그래졌다.

"뭐라고 적혀 있습니까?" 다케시가 물었다. "다른 분들께도 보여드리시죠."

히사코는 펼친 종이를 관객석을 향해 내밀었다. "'남겨진 것에 복이 깃들어 있다'라는군요."

오오, 하고 환성이 터져 나왔다.

"마지막으로 남은 풍선에 당첨 쪽지가 들어 있었으니, 그야말로 예언대로네요. 축하드립니다. 성함을 여쭤도 되겠습니까?"

"네, 스에나가입니다."

"스에나가 씨, 앞으로도 건강하십시오. 참가해 주신 다른 어르신들도 도와주셔서 감사합니다. 여러분, 박수 부탁드립니다."

관객들의 박수를 받으며 무대에 오른 노인들은 제자리로 돌아갔다.

"어이쿠, 중요한 일을 잊고 있었군요. 스에나가 씨에게 선물을 드리는 걸 깜빡했군요. 트럼프 걸스의 다이아몬드 양, 스에나가 씨를 자리로 모시고 가서 선물을 드리도록."

다이아몬드 역을 맡은 나나에는 당혹해하는 눈치였다. 무슨 선물인지 모르기 때문이겠지. 마요도 들은 적 없었다. 그러자 다케시가 말했다.

"선물이란 트럼프 걸스의 안마입니다. 다이아몬드 양, 스에나가 씨의 어깨를 잘 주물러 드리도록."

아하하하하, 실내에 웃음이 넘쳐흘렀다. 히사코도 웃고 있었다.

"다이아몬드 양, 뭐 하고 있지? 자, 얼른 스에나가 씨가 기다리시잖아."

다케시의 채근에 나나에는 히사코의 어깨를 주무르기 시작했다.

"스에나가 씨, 어떠십니까?" 다케시가 물었다.

"아주 시원하네요."

"다행입니다. 그나저나 여러분, '남겨진 것에 복이 깃들어 있다'란 말은 남은 것이나 누군가 남긴 것 속에 생각지도 못하게 좋은 게 있을지도 모른다는 뜻입니다만, 인생에 있어서도 적용되는 말입니다. 인생의 대선배이신 여러분은 앞으로의 삶을 그저 여생이라 생각하고 계신 것은 아닌가요? 그렇지 않습니다. 그 여생에 인생 최고의 즐거움이 기다리고 있을지도 모릅니다. 부디 그날이 오기를 기대하며 앞으로도 건강하십시오."

다케시의 말에 회장에 박수 소리가 울려 퍼졌다.

8

1009호실의 초인종을 눌렀다. 힘없는 목소리가 들리더니 문이 열렸다. 히사코의 자그마한 얼굴이 문틈으로 나타났다. 마요 일행을 보고 어머나, 하고 나지막이 말했다. "아가씨는 음……."

"안녕하세요. 아까는 도와주셔서 감사했습니다." 마요는 웃는 낯으로 인사했다. 트럼프 걸스 차림이었다.

히사코의 시선이 불안한 듯 흔들렸지만 이내 살짝 미소 지었다.

"마술쇼에 나온 분들이네요. 검은 옷을 입은 마술사와 같이 나왔던."

"맞아요. 재밌게 보셨나요?"

히사코는 잠시 뜸을 들였다 겸연쩍은 듯 인상을 찌푸렸다.

"미안해요, 어떤 마술이었죠?"

"풍선을……."

아아, 하고 히사코는 손뼉을 쳤다.

"맞아요. 마술사가 예쁜 풍선을 터뜨렸더니 안에서

편지가 나왔어요. 그리고……." 히사코는 뺨을 받치며
말을 이었다. "그 뒤에 어떻게 됐더라?"

아무래도 기억이 흐릿해진 것 같았다. 오늘은 상태가
별로 좋지 않은 건지도 모른다.

"스에나가 씨에게 선물을 드린다고 했잖아요. 그래
서 모셔 가려고 왔어요."

"모셔 간다고요?"

"네. 선물은 다른 곳에 준비해 놨거든요. 다이아몬드가
안내할 테니 같이 가주실래요? 제가 여기 있을게요."

"그 선물이 뭔데요?"

"그건 직접 보실 때까지 비밀이랍니다."

"어머나, 뭘 주시려고 그럴까." 히사코는 들뜬 표정
으로 나왔다.

마요는 다이아몬드 가면을 쓴 나나에와 눈을 맞췄다.
그녀는 두 번 눈을 깜빡였다. 작은 움직임이었지만 각
오를 굳힌 신호처럼 보였다.

두 사람의 모습이 사라진 걸 확인한 마요는 방으로
들어갔다.

실내 구조는 기능적이고 간결했다. 그에 비해 짧은

복도의 폭을 넓혀놓은 건 몸이 불편해졌을 때를 고려해서겠지.

실내를 둘러봤지만 쓸모없는 가구는 전혀 없었다. 수납은 옷장 하나로 끝낼 수 있는 구조였다.

텔레비전 옆에 작은 불단이 있었다. 사진 액자가 두 개 있었는데 하나에는 나나에의 사진이 들어 있었디.

나나에 씨의 예금 통장에는 전혀 관심이 없는지 불단 서랍에 대충 넣어두셨습니다. 이시자키의 말을 떠올리며 불단 서랍을 열자 정말로 통장이 들어 있었다.

서랍에는 인감과 카드뿐 아니라 인터넷 뱅킹에서 사용하는 OTP카드도 있었다.

마요는 가져온 노트북 컴퓨터를 켜고 은행 사이트에 접속했다. 로그인하기 위한 암호는 나나에가 알려줬다.

모든 작업을 마친 뒤 시계를 봤다. 방에 들어온 지 10분쯤 지났다.

다케시에게 전화를 걸어 작업이 끝난 걸 알렸다.

"수고했다. 잘 처리했어. 나나에 씨한테는 아직 연락하지 말고."

"왜요?"

"지금 스에나가 히사코 씨와 나란히 화단의 꽃을 구경하고 있어."

말투로 보아 하니 다케시는 두 사람을 살피고 있는 듯했다.

"그래서요?"

"아마 이런 기회는 앞으로 두 번 다시 없을 거다. 오류 분쯤 기다려."

"알았어요."

전화를 끊고 마요는 창밖을 내려다봤다. 화단 옆에 있는 두 사람의 모습을 확인할 수 있었다. 뭔가 이야기를 나누는 것 같았지만 물론 목소리는 들리지 않았다.

아마 이런 기회는 앞으로 두 번 다시 없을 거다. 다케시가 무슨 말을 하고 싶은지는 잘 알았다. 저 두 사람은 모녀 사이지만 어머니는 그 사실을 알아채지 못했고 딸은 정체를 감추고 있다.

시계를 보고 6분이 지난 걸 확인한 뒤에 스에나가 나나에의 스마트폰으로 전화를 걸었다. 금방 네, 하고 대답하는 목소리가 들렸다.

"가미오입니다. 이쪽 작업은 무사히 끝났습니다."

"알겠습니다. 지금 올라갈게요." 나나에는 차분한 목소리로 대답했다.

마요는 방 앞에서 두 사람을 기다렸다. 이내 두 사람이 돌아왔다. 히사코는 생글생글 웃는 얼굴이었다.

목에 꽃무늬 스카프를 두르고 있었다.

"이걸 받았어요. 기뻐라." 손으로 스카프를 만지며 히사코는 흡족한 표정으로 말했다.

"멋지네요. 잘 어울리세요."

"그래요? 고마워요."

"그럼 스에나가 씨, 저희는 그만 실례하겠습니다." 나나에가 말했다.

"아, 가시는군요. 아쉽네요. 또 놀러 와요."

두 사람은 손을 흔든 뒤 걸음을 옮겼다. 곁눈질로 힐끗 나나에를 바라봤다. 가면으로 얼굴을 가리고 있었지만 그 눈이 붉어져 있는 건 똑똑히 알 수 있었다.

9

나나에가 집에 도착한 건 저녁 8시가 조금 지나서였다. 마요가 같이 식사하자고 했지만 피곤하다는 이유로 사양했다. 사실 기진맥진했고 식욕도 없었다. 옷을 갈아입을 기운도 없어서 그대로 소파에 누웠다.

많은 일이 있던 하루였다. 설마 마술쇼의 조수를 하는 날이 올 줄은 꿈에도 몰랐다. 처음 이야기를 들었을 때는 농담인 줄 알았지만 다케시의 설명을 듣다 보니 문제를 해결할 방법은 이것밖에 없다고 생각했다.

하지만 히사코와 만나고 싶다는 게 솔직한 심정이었다. 정체를 밝히지 않고 만날 수 있다는 이야기를 듣고 마음이 움직였다.

실버타운에서 히사코의 모습을 처음 봤을 때는 가슴에서 뭔가가 솟아올랐다. 그 감정이 어디서 비롯된 것인지 나나에 자신도 알 수 없었다.

왜 이렇게 작아졌지. 첫인상은 그것이었다. 허리가 조금 굽어서 자세가 구부정했기 때문인지, 반으로 줄어버린 것 같았다. 무엇보다 달라진 건 이전의 위세가 사라졌다는 점이었다. 그토록 나나에에게 공포를 심어 줬던 위압감이 흔적도 없이 사라졌다.

공연 중간에도 나나에는 히사코에게서 눈을 뗄 수 없었다. 늙은 어머니는 소녀처럼 들떠 있었다. 독기라고는 찾아볼 수 없는 표정을 짓고 있었다.

갑자기 다케시가 어머니의 어깨를 안마하라고 했을 때는 당황했다. 다케시가 즉흥적인 지시를 내린 건 어머니와 마지막 스킨십을 하라는 배려겠지. 몇십 년 만에 만져본 어머니의 몸은 너무도 여위었다. 흡사 힘을 주면 부러질 것만 같았다.

마요가 인터넷 뱅킹으로 히사코 계좌에 돈을 입금하는 동안 나나에는 어머니에게 선물을 건넸다. 꽃무늬 스카프는 나나에가 직접 고른 것이었다. 목에 둘러주자 히사코는 눈을 반짝이며 기뻐했다.

트럼프 걸스의 다이아몬드가 자신의 딸이라는 걸 알아채지 못한 눈치였다.

그 후에 두 사람은 실버타운 부지를 산책했다. 히사코는 꽃을 보고 싶다고 했다. 매일 보는 화단이 있다고 해서 그곳으로 갔다.

피지 않는 나팔꽃

"내가 태어난 집 마당에도 꽃을 많이 키웠어요. 어머니가 좋아했거든. 나도 물도 주고, 잡초도 뽑으며 어머니를 도왔죠." 히사코는 그렇게 말했다.

"어머님과 사이가 좋으셨군요."

"그랬죠. 하지만 어머니하고 거의 시간을 보내지 못했어요. 할머니가 계셨고, 삼촌도 같이 살아서 그 사람들까지 돌봐야 했거든요. 게다가 내 위로 오빠가 둘이 있었어요. 어머니는 아침부터 밤까지 일만 했죠. 집안의 하녀나 마찬가지였어요. 그래서 젊은 나이에 돌아가셨죠. 어머니가 돌아가신 뒤에 오빠가 그러더군요. 히사코, 빨리 커서 네가 어머니 역할을 해야 한다고. 여자로 태어나서 손해라고 생각했어요. 그래서 앞으로 딸을 낳으면, 나 같은 일은 절대 겪게 하지 않겠다고 결심했죠."

나나에는 처음 듣는 이야기였다. 혹시 정체를 아는 게 아닌가 싶었지만 히사코의 표정을 보아 하니 그런 가능성은 없는 것 같았다.

그 뒤로도 많은 이야기를 했다.

지금의 히사코는 나나에가 알던 어머니와는 생판 다

른 사람이었다. 솔직하고 온화했으며 남을 무시하는 듯한 태도도 보이지 않았다. 아마 병 때문이기도 하겠지만 이 사람의 본래 성격은 이렇지 않을까, 하는 생각이 들자 어머니의 마음을 삐뚤어지게 한 '뭔가'에 대한 강렬한 증오를 느꼈다. 그 '뭔가'가 없었으면 모녀의 인생은 지금과는 훨씬 달라졌으리라.

이내 마요에게 작업이 끝났다는 연락이 왔다. 슬슬 돌아갈까요, 하고 나나에는 쭈그려 앉은 히사코에게 손을 내밀었다.

히사코는 주저 없이 손을 잡았다. 그리고 어머, 하고 말했다.

"손이 참 곱네. 따뜻하고. 마음이 놓이네요."

나나에는 감사합니다, 하고 대답했다. 목소리의 떨림이 전해질까 봐 참으며 간신히 답했다.

10

　도쿠라 마사오는 중키에 얼굴이 조금 큰 남자였다. 기성품으로 보이는 양복이 잘 어울렸다. 나이는 사십 대 후반 정도. 그가 내민 통장을 펼쳐본 도쿠라의 눈이 휘둥그레졌다. "오천만 엔이나……."

　"저희도 최근에 알았어요." 사카타가 말했다. "보시면 알겠지만, 스에나가 나나에 씨 계좌에서 인터넷으로 계좌 이체됐어요. 하루에 천만 엔씩 닷새 연속으로요."

　도쿠라는 입을 반쯤 벌리고 고개를 들었다. "고모가 그러신 건가요?"

　사카타는 고개를 기울였다.

　"잘 모르겠지만, 그렇다고 생각할 수밖에 없죠. 이체할 수 있는 사람은 스에나가 씨 본인밖에 없으니까요."

　"본인은 뭐라고 하십니까?"

　"그게, 기억이 안 난다고."

　"네? 그게……." 도쿠라는 석연치 않은 표정으로 다시 통장을 들여다봤다.

　당혹스러워할 법도 하다. 옆에서 듣던 이시자키는 그

렇게 생각했다. 이시자키와 사카타도 스에나가 히사코가 인터넷 뱅킹으로 돈을 이체했다고 생각하지는 않았다. 로그인 하나에도 여러 번의 인증을 거쳐야 하기 때문이다.

누군가가 스에나가 히사코 대신 돈을 이체했다. 그렇게 생각하는 게 타당했다. 그럼 그는 누구인가. 이체된 날짜를 보고 알아챈 건 가을 축제 직후라는 사실이었다.

거기까지 생각했을 때, 이시자키의 머릿속에 하나의 가능성이 떠올랐다. 하지만 그 상상을 입 밖으로 내지는 않았다. 너무 어처구니없었기 때문이다. 죽은 사람이 가을 축제날에 이곳을 찾은 게 된다.

"그래서 말입니다만, 스에나가 히사코 씨는 가까운 미래에 치매에 걸릴 위험성이 있고, 이런 큰돈을 관리하는 건 어려울 테니 성년 후견 제도를 이용하시면 어떨까요?"

사카타의 말에 도쿠라의 눈이 다시 휘둥그레졌다. "성년 후견 제도요?"

"판단 능력이 떨어진 분을 대신할 사람을 가정 법원에서 선임해 재산을 관리하거나 생활비를 지원하는 제

도입니다."

"그 후견인은 어떤 사람이 되는 겁니까?"

"잘은 모르지만, 본인과 이해관계가 없는 사람이어야 합니다. 후견인으로 선임되면 예적금 수입, 지출 내역뿐만 아니라 후견인으로서 행한 활동을 가정 법원에 보고해야 합니다. 물론 무보수는 아니고요. 활동 정도에 따라 보수가 지급됩니다."

"후견인을 세우지 않으면 어떻게 되는 겁니까?"

"스에나가 씨가 치매에 걸리면 아무도 재산을 관리하지 못하게 됩니다. 그럼 스에나가 씨에게 판단 능력이 결여됐다는 점을 이용해, 위임장을 작성해 무단으로 재산을 빼돌리려는 자들이 있을 수도 있으니까요."

도쿠라는 미간을 찌푸렸다. "그러면 안 되죠."

"재산을 제대로 관리할 사람이 있으면, 예금에서 빠져나가는 건 저희 시설 이용료 정도니까, 이런 말은 좀 그렇지만, 스에나가 씨가 살아 계시는 동안에 예금이 바닥나지는 않을 겁니다. 남은 돈은 문제없이 유산 상속인에게 상속되겠죠."

도쿠라의 낯빛이 단번에 바뀌었다. 상속인이 바로 자

신이라는 사실을 떠올린 걸지도 모른다.

통장에 목돈이 입금된 걸 알아챈 사카타가 바로 꺼낸 이야기는 성년 후견 제도에 대한 것이었다. 스에나가 히사코가 치매에 걸리기 전에 손을 쓸 필요가 있었다. 조사해 보니 스에나가 히사코의 두 오빠는 이미 고인이 되었지만 둘째 오빠에게 자식이 있었다. 그것이 도쿠라 마사오였다. 성년 후견인은 4촌 이내의 친족이라면 청구할 수 있었다.

"그렇다면 생각을 좀 해봐야겠군요……." 도쿠라는 관자놀이를 긁적였다.

"그러시는 게 좋을 거예요. 잘 부탁드립니다." 사카타가 고개를 숙였다. 옆에서 이시자키도 따라서 꾸벅했다.

사무소를 나온 이시자키는 주차장으로 갔다. 오랜만에 세차를 해야겠다고 생각했다. 가는 길에 문득 고개를 돌리자 화단 옆 벤치에 앉아 있는 스에나가 히사코가 보였다. 요즘 따라 자주 저곳에 있는 걸 본다.

가까이 다가가서 보자 스에나가 히사코는 졸고 있었다. 그 목에는 꽃무늬 스카프가 매여 있었다.

마지막

행운

1

약속 장소에 도착해 시계를 보니 오후 2시 조금 전이 었다. 대형 오피스 빌딩 1층에 널찍한 개방 공간이 자리하고 있었다. 완만한 곡선을 그리는 벽면에 유리창이 늘어서 있는 모양새가 흡사 거대한 오브제를 보는 것 같았다. 이곳은 이탈리아의 고급 가구 회사 '발바록스'의 도쿄 직영점이다. 지난달에 리뉴얼 오픈한 곳으로, 마요는 오늘 처음 찾았다. 아는 담당자도 다른 곳으로 옮겨서 오늘은 인사를 겸해 찾아온 것이다.

슬슬 시간이 됐다고 생각했을 때, 바로 앞 길가에 검은 스테이션왜건 한 대가 정차했다. 슬라이드식 차문이 열리더니 한 남자가 내렸다. 키는 180센티미터 전후로 탄탄한 체형에 나이는 마흔 전후일까. 흰 셔츠 위에 트위드 재킷을 걸치고 아래는 청바지를 입었다. 배 나온 중년 남성은 감히 시도할 수 없는 패션이었다.

남성이 내리자 스테이션왜건은 다시 출발해 천천히 사라졌다. 택시나 렌터카는 아닌 것 같았다. 다른 곳에서 대기하고 있다가 호출하면 금방 이곳으로 돌아오겠지. 이른바 임원 전용 차량이었다.

"기다리셨습니까?" 구리쓰카 마사아키는 미소를 지으며 성큼성큼 마요를 향해 다가왔다.

마요는 아닙니다, 하고 손사래를 쳤다.

"저도 지금 막 도착했습니다. 일부러 와주셔서 감사합니다."

구리쓰카가 매장 입구로 시선을 돌렸다. "이곳이군요?"

"네. 원하시는 물건을 찾을 수 있기를 바랍니다."

"그랬으면 좋겠네요. 친구들한테 취향이 특이하다는 얘기를 하도 들어서." 구리쓰카는 겸연쩍게 웃으며 어깨를 들먹였다.

유리로 된 자동문을 지나 매장 안으로 들어갔다.

널찍한 공간에 세련된 색의 소파와 테이블이 늘어서 있었다. 이 브랜드의 제품은 주로 무채색이 많았다. 오래 사용할 수 있도록 차분하고 질리지 않는 점이 중시되는 것이다.

마요는 구리쓰카의 집을 떠올렸다. 이곳에 있는 가구를 배치한다면 어떤 인테리어가 어울릴까. 머릿속에 막연한 아이디어는 있었지만 구체적으로 완성시키기 위해서는 소재가 필요했다.

마요가 다니는 분코 건축사무소 리폼 부서에 전화가
걸려온 건 어제 아침이었다. 집 리모델링을 생각하는
데 상담을 하고 싶다는 내용이었다. 전화를 받은 상사
는 마요를 보냈다. 고객이 "가급적 여성 건축사에게 의
뢰하고 싶다"고 요청했기 때문이다.

"장소는 미나미 아오야마야. 큰 건일 것 같아." 상사
는 반드시 일을 따내라는 듯 눈치를 주며 위압적으로
말하고 있었다. 요즈음 큰 수주가 없어서 부서 전체의
목표 달성이 어려워졌기 때문이다. 회사를 나오기 전에
의뢰인의 집 구조를 조사한 뒤에 상사의 감이 맞았다
는 사실을 확인했다. 100제곱미터* 이상 되는 물건이
었다. 연식은 30년이라 낡았지만 일류 시공사가 대규
모 보수 공사를 한 지 얼마 되지 않아서 내진 구조에도
전혀 문제가 없을 것 같았다. 자산 가치는 충분했다.

구리쓰카는 그 집 소유자로, 2LDK 집에서 혼자 살고
있었다.

"3년 전에 사둔 것인데, 그때는 딱히 아무것도 하지

* 약 30평.

않았습니다. 해외 장기 출장이 잦아서 집에는 별 관심
이 없었거든요. 하지만 한동안 국내에 머물게 돼 새삼
집을 둘러봤더니 여러모로 마음에 안 드는 부분이 눈
에 들어오더군요. 인테리어도 낡았고."

구리쓰카의 말에 수긍이 갔다. 그의 말처럼 벽지 디
자인도 옛날 티가 났고 조명은 비효율적이었다. 주방
도 사용하기 불편한 구조였다. 조금 생각했을 뿐인데
도 인테리어 아이디어가 차례차례 떠올랐다.

특히 신경 써서 꾸미고 싶은 건 거실이라고 했다.

"제일 오래 머무는 곳이니까요. 실은 마음에 드는 소
파가 있습니다. 지인 집에서 본 것인데, 디자인도 훌륭
하고 앉았을 때도 편안했죠. 꼭 구입하고 싶습니다만."

구리쓰카는 스마트폰 화면을 내밀었다. 곡선을 살린
디자인이 특징적인 소파였다.

"나름대로 조사해 봤더니 '발바록스'라는 브랜드의
제품이라는 것까지는 알았습니다. 그런데 요즘 카탈로
그에는 실려 있지 않던데."

"'발바록스'는 저도 잘 아는 브랜드입니다. 다른 고객
께도 추천해 드린 적이 많아요. 만일 괜찮으시다면 쇼

룸을 둘러보시겠습니까? 그 소파는 없어도 비슷한 분위기의 제품은 찾으실 수 있을지도 모르는데."

"쇼룸이라. 나쁘지 않군요." 구리쓰카는 곧바로 제안에 응했다. "그럼 언제 가면 됩니까?"

너무 빠른 대응에 도리어 마요가 당황했다. "저는 언제든……."

"그럼 내일은 어떻습니까? 쇠뿔도 단김에 빼랬다고 뭐든 바로 하란 말도 있지 않습니까."

"내일 말씀이십니까, 알겠습니다." 마요는 서둘러 수첩을 펼쳤다.

그러한 연유로 오늘 둘이서 이 매장을 찾은 것이다.

"역시, 그 소파는 없는 것 같군요." 매장을 조금 둘러본 뒤 구리쓰카가 중얼거렸다.

"문의해 보겠습니다."

직원에게 말을 걸려고 주변을 두리번거리는 마요를 향해 한 여성이 다가왔다. 그 얼굴을 보고 숨을 삼켰다. 잘 아는 사람이었기 때문이다. 저도 모르게 어머, 소리가 튀어나왔다.

상대방도 알아챘는지 놀란 기색이 섞인 미소로 인사

를 건넸다. "안녕하세요."

"아, 안녕하세요, 미나 씨죠?"

"네. 마요 씨…… 맞죠? 마스터의 친척인……."

"조카입니다. 아, 여기서 일하세요?"

"요코하마에 있다가 지난달에 이곳으로 왔어요." 미나는 주머니에서 명함을 꺼냈다.

마요도 황급히 가방에서 명함을 꺼내 건넸다.

명함에는 '발바록스 도쿄 인테리어 컨설턴트 진나이 미나'라고 적혀 있었다. 다케시에게서 이런저런 이야기는 들은 적 있었지만 직업까지는 몰랐다.

"아시는 분입니까?"

마요는 네, 하고 대답했다.

"삼촌이 에비스에서 바를 하시는데, 거기 단골손님이세요."

구리쓰카는 그렇군요, 하고 호기심 어린 눈빛으로 미나를 보았다.

"마요 씨, 건축사셨군요." 명함을 받아 든 미나가 고개를 들었다.

"지금은 리모델링 쪽을 담당하고 있어요. 오늘은 고

객님께 소파를 보여드리려고 방문했답니다."

"아, 그러시구나." 미나는 구리쓰카에게 시선을 옮겼다. "어떤 소파를 찾으시나요?"

"실은 원하시는 제품이 있는데요." 마요는 스마트폰을 꺼내 소파의 사진을 미나에게 보여줬다. "이 제품이에요."

미나는 진지한 눈빛으로 사진을 들여다보더니 아, 하고 신음을 흘렸다.

"잠시만 기다려 주십시오." 그녀는 옆구리에 끼고 있던 태블릿을 조작하더니 미안한 표정으로 말을 이었다. "죄송합니다. 그 제품은 3년 전에 단종됐습니다. 더는 생산하지 않는 것 같아요."

"역시……." 마요는 구리쓰카를 보았다. "아쉽네요."

구리쓰카는 한숨을 내쉬었다.

"더는 안 만든다니 하는 수 없군요, 포기해야죠."

"후속 제품은 없나요?" 마요는 미나에게 물었다.

"이쪽에 있습니다." 미나는 마요 일행을 매장 안쪽으로 안내했다.

그곳에 있는 건 언뜻 봐도 구리쓰카가 찾던 제품과

는 전혀 분위기가 다른 소파였다. 특징적인 곡선도 없어서 경직된 느낌이 들었다.

"이게 후속 제품입니까?" 구리쓰카도 마요와 같은 의문을 느꼈는지 의아한 표정을 지었다.

"예전 디자인은 두 사람이 나란히 앉았을 때 조금 좁다는 의견이 있었습니다. 그 점을 좋다고 하는 고객님들도 많았지만, 모델 변경은 본사 방침이라……" 미나는 안타깝다는 듯 말했다.

"그렇군요. 저는 혼자 살아서 둘이 앉을 일도 없는데……" 구리쓰카는 역시 예전 모델에 미련이 남은 눈치였다.

"곡선을 강조한 디자인이 마음에 드시면, 비슷한 느낌의 다른 제품이 있습니다. 보시겠습니까?"

"네, 궁금하군요."

"그럼 이쪽으로 오시죠. 단차가 있으니 조심하십시오."

넓은 매장 안을 이동하며 미나는 다양한 제품을 마요와 구리쓰카에게 소개했다. 디자인이나 소재, 주문 제작 여부 등을 태블릿으로 확인하며 설명하는 모습에서 이 분야의 프로라는 자신감이 흘러넘쳤다.

그리고 무엇보다 빼어난 미인이었다.

'트랩핸드'를 찾을 때, 그녀는 대체로 남자와 함께였다. 게다가 매번 상대가 달라졌다. 가벼운 여자로 볼 수도 있겠지만 남자들이 끊이지 않는다는 건 매력적이라는 증거였다.

도중에 외국인 중년 남성이 미나에게 말을 걸어왔다. 팸플릿을 들고 뭔가 묻자 미나는 미소로 응대했다. 둘은 영어로 대화를 나누고 있었다. 그 정도 유창한 실력이면 일은 얼마든지 구할 수 있을 것이라고 마요는 생각했다. 그런데도 신데렐라를 꿈꾸며 완벽한 결혼 상대를 찾는 데 열을 올리고 있으니 인간이란 참으로 신기하다.

"지금까지 나온 제품들은 거의 보여드렸습니다." 매장을 한 바퀴 돌아본 뒤에 미나가 물었다. "어떠셨습니까?"

"잘 봤습니다, 참고할게요." 구리쓰카가 말했다. "종류가 많아서 여기저기 눈이 가네요. 솔직히 고민이 됩니다. 조금 생각해 봐도 되겠습니까?"

마요는 구리쓰카에게 "물론이죠. 천천히 생각해 보세요" 하고 대답했다.

구리쓰카는 미나를 돌아보며 말했다.

"가구를 고르는 일이 이렇게 즐거운 건 처음이군요. 덕분입니다. 오늘은 감사했습니다."

"별말씀을요. 도움이 되었으면 좋겠는데요."

"잘 생각해 보고 가까운 시일 안에 결정하겠습니다." 구리쓰카가 마요를 돌아보며 말했다. "그럼 가미오 씨, 가실까요."

마요는 네, 하고 대답한 뒤 미나를 돌아봤다. "다음에 '트랩핸드'에서 봬요."

네, 미나도 미소를 지으며 고개를 끄덕였다.

매장 밖으로 나온 구리쓰카가 말했다. "아주 유익한 시간이었습니다."

"그렇게 말씀해 주시니 안내해 드린 보람이 있네요."

"소파도 멋졌지만, 저분의 접객이 아주 훌륭했습니다. 남편 되시는 분이 부럽군요."

"남편?" 마요는 구리쓰카의 얼굴을 바라보며 눈을 깜빡였다. "저…… 아닙니다."

"아니라고요? 뭐가 말입니까?"

"남편은 없어요. 미나 씨는 독신이거든요."

구리쓰카는 네? 하고 눈을 휘둥그레 떴다.

"그러셨군요. 저런 분이 독신이라니 뜻밖이네요."

"결혼할 생각은 있다고 들었던 것 같은데……"

관심 있으면 한번 말을 붙여보라는 이야기는 차마 하지 않았다. 소중한 고객에게 가볍게 농담을 던지는 건 당치도 않은 일이다.

어느샌가 스테이션왜건이 갓길에 서 있었다. 구리쓰카가 호출한 모양이었다.

"그럼 가미오 씨, 다시 연락드리겠습니다."

"네. 그때까지 인테리어 아이디어를 보여드릴 수 있도록 하겠습니다."

부탁한다는 말을 남기고 구리쓰카는 차를 향해 걸어갔다.

그가 차에 오르자 문이 닫혔다. 마요는 도로 옆에 서서 차가 멀어지는 모습을 바라봤다. 머릿속으로는 리모델링 아이디어가 하나둘 떠올랐다. 예산은 3천만 엔으로 생각한다고 했다. 오랜만에 큰 건이다. 다른 리폼 회사에서도 견적을 내봤는지는 모르지만 어떻게 해서든 계약을 따내야 한다고 기합을 넣었다.

차가 모퉁이를 지나 사라지자 가방 속 스마트폰이
울렸다.

액정 화면을 보자 방금 헤어진 미나였다.

2

　바의 출입문을 열자 카운터 제일 안쪽에 베레모를 쓴 남자 손님이 앉아 있었다. 달리 손님은 없는 것 같았다. 아직 8시도 안 됐으니 당연하다면 당연한 일일까.

　마유는 안녕하세요, 하고 인사를 건네며 들어갔다.

　카운터 안쪽에 있던 다케시가 한쪽 눈썹을 찡긋했다. "혼자야?"

　"누구 만나기로 했어요." 마요가 말했다. "뜻밖의 인물이라고 할까."

　"오호, 남자야?"

　"아니거든요."

　다케시는 흥, 하고 코웃음을 쳤다. "그러시겠지."

　"그러시겠지? 무슨 뜻이에요?"

　"별다른 의미는 없다. 주문은 어떻게 할 거냐?"

　"버번 하이볼로 주세요."

　"브랜드는?"

　"음, '잭다니엘'?"

　다케시는 눈살을 찌푸렸다. "버번이라면서."

"그랬는데요?"

하하하, 옆에서 건조한 웃음소리가 들렸다. 베레모를 쓴 아까 그 남자였다. 흰머리를 보아 하니 나이는 환갑 즈음일 것 같았다.

"아가씨, '잭다니엘'은 버번이 아니야. 테네시 위스키지. '스카치도 아니고, 버번도 아닌 잭다니엘'이 광고 슬로건이지." 남자는 다케시에게 시선을 옮기며 물었다. "테네시에서 쇼에 출연한 적은?"

"내슈빌에서 몇 번쯤."

"오호, 그것참 대단하군."

"과찬의 말씀이십니다." 다케시는 목례를 한 뒤에 마요를 보며 말했다. "'와일드 터키' 괜찮지?"

"좋지." 옆에서 남자가 고개를 끄덕이는 기척이 났다. "정통 켄터키 스트레이트 버번이야."

이 아저씨는 뭐야, 마요는 속으로 이를 갈았다. 전에 본 적은 없으나 그는 다케시가 미국에서 마술쇼에 출연했던 것도 아는 눈치였다.

다케시가 술잔을 마요 앞에 내려놓자마자 문 열리는 소리가 났다. 미나가 인상을 쓰며 들어왔다.

"미안해요, 제가 부탁해 놓고 늦어서⋯⋯."

"신경 쓰지 마세요. 제가 좀 일찍 왔어요."

전화 통화를 해서인지 둘 다 아까처럼 정중한 말투는 아니었다. 그 대화는 일과는 전혀 상관없는 내용이었다.

아니, 전혀 상관없지는 않지만⋯⋯, 그러면서 마요는 구리쓰카 마사아키의 얼굴을 떠올렸다.

"음, 의외의 조합이기는 하군." 다케시가 마요와 미나를 번갈아 보며 말했다.

"그쵸? 어떻게 된 사연인지는 다음에 천천히 말해줄게요."

"굳이 안 해줘도 된다. 주문은 어떻게 하시겠습니까?"

"그럼 '아드벡' 하이볼로 주세요."

"알겠습니다."

'아드벡'은 개성 있는 스카치다. 마요는 베레모 아저씨가 또 장광설을 늘어놓을까 봐 걱정했지만 다행히 이번에는 끼어들지 않았다.

"오늘은 정말 놀랐어요." 미나가 새삼 말했다. 존댓말을 하는 건 자신이 마요보다 어리다고 생각해서겠지. 서로의 나이를 확인한 적은 없어도 아마 그럴 거라고 마요도 생각했다. 분하지만.

"덕분에 다양한 소파를 천천히 둘러볼 수 있어서 좋았어요. 구리쓰카 씨도 좋아하셨고요."

"그렇게 말씀해 주시니 저도 기쁘네요."

다케시가 술잔을 미나 앞에 내려놓았다. "안주는 어떻게 하시겠습니까?"

"지금은 됐어요." 마요가 말했다. "비밀 이야기를 할 거니까 이쪽에 오지 마요."

"말 안 해도 엿듣는 취미는 없다."

다케시는 베레모 아저씨 앞으로 돌아갔다. 그 모습을 보며 마요는 입에 침이나 바르고 거짓말을 하지, 라고 응수하고 싶었다. 관심이 생기면 몰래 듣기는커녕 서슴없이 도청기까지 동원하면서.

"일단은 건배하죠?" 미나가 술잔을 들었다. "우리 하는 일이 잘되기를."

"어머, 좋네요." 마요도 술잔을 들고 쨍, 부딪쳤다.

위스키를 한 모금 마시고 나서 미나는 진지한 눈빛으로 말문을 열었다.

"그래서 다시 한번 확인하고 싶은데요, 그분, 틀림없이 독신이죠?"

"혼자 사는 건 확실해요." 마요는 신중하게 대답했다. "아마 독신일 것 같은데. 부인하고 별거하는 느낌은 아니었고, 아이가 있는 것 같지도 않았고."

"소파에 둘이 앉는 일은 없다고 하셨으니까요."

맞아요, 마요도 동의했다. 역시 미나는 그런 대사를 놓치지 않았다. 그 말에 중매 안테나가 반응한 것이리라.

"어떤 일을 하는지 들으셨어요?"

"거기까지는 아직……." 마요는 고개를 저었다. "하지만 기업에 근무하시는 것 같아요. 장기 해외 출장이 많았는데, 앞으로 한동안은 국내에서 일한다고 하셨으니까."

"해외 출장이라……." 미나는 생각에 잠긴 표정을 지었다. "여자 친구는 있나."

"그게 문제죠. 해외에서 돌아온 지 얼마 안 됐다면, 없다고 보는 게 타당하겠죠." 마요는 고개를 갸웃했다. "적어도 집 상태만 봐서는 여자가 있는 걸로 보이진 않았어요."

미나의 눈이 반짝였다. "집을 보셨군요?"

"봤어요. 리모델링을 해야 하니 집을 안 볼 수는 없는 일이니까."

"집은 어떻던가요, 입지는, 넓이는?" 쉬지 않고 질문이 날아왔다.

"미나미 아오야마에 있어요. 2LDK에 백 제곱미터가 넘어요. 삼십 년 된 집이긴 해도 시세를 따지면 아마 이억은 할 거야."

미나의 입술이 소리 없이 움직였다. 2억 엔이라니.

"리모델링 비용은 보통 얼마나 들어요?"

"그야 하기 나름이죠. 구리쓰카 씨는 예산은 인테리어를 제외하고 이천오백만이라고 했어요."

"우리 소파나 테이블을 들여놓으면 최소 이백만 엔은 들어요."

"그렇겠죠. 그러니까 전부 삼천만 엔쯤 생각하는 것 같아요."

"삼천만 엔이라……." 미나는 하이볼을 마셨다. "직업은 뭘까……."

진지한 눈빛으로 생각에 잠긴 미나의 표정은 쇼룸에

서 봤던 것과는 전혀 딴판이었다. 차분한 분위기는 사라지고, 대신 사냥감을 노리는 표범의 기운이 물씬 풍겼다.

"좋은 정보가 있어요." 마요가 말했다.

"뭔데요?"

"구리쓰카 씨도 미나 씨에게 관심이 있는 것 같아요."

미나의 표정이 환해졌다. "정말요?"

"칭찬하더라고요."

마요는 구리쓰카가 미나에 대해 한 말을 그대로 전했다.

"독신이라니 뜻밖이다, 그게 무슨 뜻일까요? 생활에 찌들어 보였나?"

"그건 아닐 거예요. 미나 씨 남편분이 부럽다고 했어요. 저렇게 멋진 여성인데 지금까지 괜찮은 상대를 만나지 못했다니 의외라는 뜻이겠죠."

"그런가……." 미나는 고개를 갸웃하면서도 기분은 좋아 보였다.

잘 먹었습니다, 하는 목소리가 마요의 귀에 들어왔다. 베레모 아저씨가 일어나고 있었다. 또 들러주십시오, 하고 다케시가 배웅했다.

　베레모 아저씨는 마요를 보고 먼저 실례, 하고 말했다. 마요는 말없이 고개를 꾸벅했다.

　"아는 분이에요?" 미나가 작은 목소리로 물었다.

　아뇨, 하고 마요가 답했다.

　베레모 아저씨가 나가자 미나가 "저분, 이 주 전쯤에도 오셨어요"라고 말했다. "우리를 힐끔거리는 것 같아서 신경 쓰였거든요."

　"우리요?"

　그러니까, 하고 미나는 조금 겸연쩍은 표정으로 말을 이었다. "저하고…… 그때 같이 있던 남성이요."

　"아, 데이트 중이었군요."

　"데이트가 아니라 감정이에요." 미나는 생각지도 못했다는 양 말했다. "상대는 자칭 외과의사였어요. 결혼 앱에서 만났는데 식사라도 하자고 해서 같이 갔어요. 그러고는 내가 여기로 데려왔고요. 물론 마스터에게 확인받으려고요. 그랬더니 그 남자가 화장실에 들어가 있는 동안에 마스터가 저 남자는 가짜 의사니까 관두라고 알려주더라고요. 깜짝 놀랐어요. 의사협회 홈페이지에서 그 사람 이름도 검색해 봤거든요. 분명 의사로 등록돼 있었어요, 나이대도 맞았고요."

"꽤 교묘한 수법이었죠." 대화 내용이 들렸는지 다케시가 말했다. "아마 자기와 비슷한 나이대 의사의 이름을 알아내서 그 사람인 척했을 겁니다."

"어떻게 가짜인 줄 알았어요?"

"별건 아니고, 조금 잡담을 나눴지. 십오 년 전에 해외에서 유행했던 전염병에 대해서. 당시 후생노동성 장관이 누구였냐는 이야기가 나왔는데, 기억하지 못하더군. 하지만 그럴 리가 없지. 십오 년 전이라면 본인이 의사 면허를 취득한 해야. 그리고 면허증에는 장관의 이름이 커다랗게 기입돼 있지. 진짜라면 기억하지 못할 리가."

"그런 거구나……."

전직 마술사인 만큼 다케시는 사람을 속이는 데 선수였다. 남의 거짓을 간파하는 능력은 말할 것도 없다. 그러니 미나가 의지할 법도 했다.

"그래서 그 남자하고는 헤어졌어요?" 마요는 미나에게 물었다.

"헤어지고 말고 할 것도 없죠, 사귄 적도 없으니까요. 물론 그 뒤로 연락 안 했고요."

"다행이네요."

그런 일이 있었다고 하니 더욱더 구리쓰카의 존재가 신경 쓰이겠지.

"현재로서 내가 제공할 수 있는 정보는 이 정도예요." 마요는 술잔을 들었다. "나도 구리쓰카 씨와는 어제 처음 만났으니까."

"참고할게요. 감사합니다." 미나는 손을 모아 인사했다.

"이제 어떻게 할 거예요? 구리쓰카 씨에게 연락하고 싶으면 도와줄게요."

미나는 잠시 생각에 잠기더니 고개를 저었다.

"아뇨, 바로 움직이지는 않을래요. 또 만날 기회가 있을지도 모르니까요."

"그건 그래요. 구리쓰카 씨가 소파는 '발바록스' 제품으로 하시겠다고 했으니, 다시 쇼룸에 가기는 할 거니까."

"그렇게 되면 좋겠네요." 미나는 하이볼을 들이켰다. "그럼 저는 그만 일어날게요."

"어, 가려고요? 조금 더 마시지."

"이다음에 영어 회화 레슨이 있어서요. 술 냄새 풍기면 실례잖아요." 미나는 지갑에서 만 엔짜리 지폐를 꺼냈다. "이걸로 계산해 주세요."

"너무 많은데."

"제가 보자고 했는데 당연하죠. 귀한 정보도 주셨잖아요. 그럼 마스터, 또 올게요."

디케시가 감사합니다, 하고 대답했다.

미나가 가게를 나서는 모습을 지켜보는 마요에게 다케시가 말했다.

"조만간 새 남자를 데려올 것 같군."

"엿듣는 취미는 없다더니, 다 들었네."

"들리는데 어쩌란 말이냐. 귀마개라도 할까?"

"뭐, 그건 그렇고, 어떻게 생각해요?"

"이번에는 수상한 사람은 아닌 것 같군."

"데이트 앱 같은 데서 만난 게 아니라 우리 고객이니까. 하지만 그만큼 장벽이 높을지도."

"구체적으로는?"

"그 나이에 독신인 걸 보면 결혼에는 관심이 없을지도 모르죠. 아니면 이미 이혼 경험이 있어서 결혼에 질렸다든지. 그렇다면 미나 씨가 접근해도 쉽게 넘어오지 않을지도 모르잖아요."

"흠, 그건 괜찮을 거다." 다케시는 코를 벌름거렸다. "걱정하지 않아도 돼."

"그걸 어떻게 알아요? 구리쓰카 씨를 만나본 적도 없으면서."

"조금만 생각해 보면 알 수 있지. 그 남자가 미나 씨를 기혼이라고 생각했다는 건 거짓말이야. 그만큼 신경이 쓰였다면, 먼저 그녀의 왼손을 살펴봤겠지. 반지를 끼고 있는지 아닌지 확인하지 않을 리가 없어."

들어보니 그 말도 일리가 있어서 마요는 납득했다.

"그럼 왜 그런 소리를 한 거죠?"

"당연한 거 아니냐, 미나 씨가 마음에 들었다고 어필하기 위해서지. 그리고 작전대로 그 마음은 그녀에게 전해졌어. 사랑의 큐피드를 자처하는 서른 줄 건축사가 나섰지." 다케시는 마요를 가리켰다.

"날 이용했다는 거예요?"

"그런 표정을 왜 짓냐. 스스로도 즐기고 있으면서."

"그야 두 사람이 맺어지면 좋을 것 같긴 한데……."

"미나 씨가 어떤 남성을 데려올지 기대해 보자고. 부디 좋은 사람이길 빈다. 나도 언제까지고 감정해 줄 수는 없으니까." 다케시는 흑맥주의 뚜껑을 따더니 병째로 들이켰다.

3

　노년기에 접어든 부부는 15년 전쯤에 샀던 소파의 커버를 바꾸고 싶어 했다. 물론 가능하십니다, 하고 미나는 대답했다. 태블릿으로 구매 이력을 조사해 보니 기록이 남아 있었다. 예전 모델이라 소파는 더 이상 만들지 않았지만 커버 신규 제작 의뢰는 받고 있었다.

　"그럼 부탁해요." 남편이 부인과 얼굴을 마주 본 뒤에 미나를 바라봤다. "소파를 바꿀까도 고민했지만, 예산이 문제니까요. 혹시 커버를 전부 교체하는 비용이 소파를 새로 사는 것과 별반 다르지 않으려나요?"

　"그렇지는 않을 겁니다. 대략적인 비용을 알아보겠습니다."

　계산해 보니 패브릭 커버라면 100만 엔 정도로 맞출 수 있을 것 같았다. 같은 제품을 새로 사려면 200만 엔 넘게 든다. 미나가 그렇게 설명하자 부부는 결정을 내린 것 같았다.

　커버의 재질과 색을 고른 뒤에 주문서를 작성했다. 부부는 흡족한 듯 미소를 짓고 있었다. 차림새만 봐도 생활에 여유가 있는 건 분명했다. 은퇴한 연배로 보여도 연금에만 의지하는 부류는 아니었다. 이 일을 시작하고 새삼스레 알게 된 사실이 있다. 진짜 부자들은 허세를 부리지 않는다. 그러니 소파가 낡았어도 커버 교체 정도로 문제를 해결한다. 합리적이기도 하다. 이 부부는 어떻게 부를 축적했을까. 자식이 있으면 몇 살쯤일까. 우리 아들이 독신인데 한번 만나볼 생각 없는가, 내게 그런 말을 꺼내지는 않을까.

이런저런 망상을 하느라 주문서 작성에 시간이 걸렸다. 미나는 기재 사항에 빠진 건 없는지 확인하고는 부부에게 주문서를 건넸다.

고마워요, 하고 인사를 건넨 뒤 두 사람은 매장을 나섰다. 그 모습을 출입문에서 배웅한 뒤, 미나는 한숨을 내쉬었다. 현실은 망상대로 흘러가지 않는다.

그때였다. 스테이션왜건 한 대가 갓길에 멈추는 모습이 보였다. 뒷좌석 문이 열리고 한 남자가 내렸다. 그 얼굴을 보고 미나는 숨을 삼켰다. 구리쓰카였다. 그녀가 있는 쪽을 향해 곧장 걸어왔다.

미나는 가슴이 뛰는 걸 느끼며 호흡을 골랐다. 마요

가 그를 매장에 데려온 게 어제였다. 오늘은 왜 혼자 온 거지? 여러 가능성이 순식간에 머리를 스쳐 지나갔지만 동요한 나머지 생각이 정리되지 않았다.

그러는 동안 구리쓰카는 자동문을 지나 매장으로 들어왔다. 바로 눈앞에 미나가 서 있는 게 의외였는지 조금 놀란 표정을 짓더니 미소를 보였다.

"안녕하세요, 어제는 감사했습니다."

"안녕하세요, 구리쓰카 씨. 결정은 하셨나요?"

"죄송하지만 소파 건은 조금 시간을 주십시오. 생각이 정해지면 가미오 씨와 함께 다시 오겠습니다. 가미오 씨를 빼고 일을 진행할 수는 없으니까요."

"그러시군요. 알겠습니다."

"그럼 대체 왜 온 거냐고 생각하시겠군요. 실은 진나이 씨에게 볼일이 있습니다." 구리쓰카는 겉옷 안쪽에서 스마트폰을 꺼냈다. "함께 점심을 하고 싶은데 어떠십니까? 내키지 않으시면 솔직하게 말씀해 주십시오. 다시는 이런 얘기는 꺼내지 않을 테니. 하지만 조금이라도 생각이 있으시다면 제 스마트폰으로 진나이 씨에게 전화를 걸어주시면 감사하겠습니다."

놀란 미나는 구리쓰카의 얼굴을 바라봤다.

"점심식사…… 요."

"다짜고짜 저녁을 먹자고 할 정도로 자신감이 넘치지는 않아서요." 구리쓰카는 눈을 가늘게 뜨며 말했다. "어떠십니까? 아자부주반에 지인이 하는 양식 레스토랑이 있습니다. 커틀릿을 아주 잘하는 집입니다."

그런 식으로 말하니 갑자기 그 커틀릿을 먹어보고 싶어졌다. 더구나 이 제안을 거절할 이유가 없었다.

저라도 좋으시다면요, 하고 미나는 스마트폰을 받아 들었다.

그날 밤, 미나에게 전화가 걸려왔다.

"제가 성격이 급해서 참을 수가 없었습니다." 이윽고 구리쓰카는 다음 주 수요일에 만나는 게 어떠냐고 물었다. 수요일이 '발바록스'의 정기 휴일이라는 걸 알아보고 제안한 것 같았다.

괜찮다고 말하려다 미나는 순간적으로 말을 삼켰다. 어떤 계획이 떠올랐기 때문이다.

"죄송합니다, 그날은 낮에 일이 있어요."

"아, 그러시군요. 아쉽군요. 그럼……."

미나는 저기, 하고 말을 이었다. "저녁 일정은 비어 있는데요."

"네? 저녁요?" 잠시 뜸을 들인 뒤에 구리쓰카가 물었다. "저녁도 괜찮으시겠습니까?"

"제가 먼저 말했으니까요."

"그럼 그렇게 하죠." 구리쓰카의 목소리 톤이 올라갔다. "저녁 때 뵙죠."

시간과 장소를 정한 뒤 전화를 끊었다. 뺨이 조금 달아올랐다. 이런 기분은 오랜만에 느껴봤다.

결혼 중매 앱이나 사이트에서 만난 상대와 메시지를 주고받아도 의심이 머리에서 떠나지 않아서 기분이 고양되지는 않았다.

달력을 찾아봤다. 수요일에는 어떤 옷을 입을까. 이것저것 생각하며 머리를 굴렸다.

지금 직장에 취직했을 때가 기회라고 생각했다. 고급 소파를 구입할 정도라면 어느 정도 고소득자라는 뜻이다. 한마디로 미나가 이상적으로 생각한 결혼 상대와 만날 기회가 늘어날 게 틀림없다.

하지만 일을 시작하고 나서 얼마 지나지 않아 그 기

대는 빗나갔다. 매장을 찾는 고객 중에 독신 남성은 거의 없었다. 대부분은 여성 고객이었고 남성이 있다 해도 배우자나 사귀는 사람과 함께 왔다. 생각해 보니 당연한 일이었다. 독신 남성이 고급 소파를 찾는 일은 거의 없다. 하는 수 없이 인터넷에서 사람을 만나보려 했지만 이 사람이다 싶은 상대는 좀처럼 찾을 수 없었다. 까다롭게 조건을 따지고 있다는 건 안다. 연봉은 적어도 2천만 엔이고 나이는 열다섯 살 이내로 차이 나는 상대였으면. 사실 이것만으로도 숫자가 확 줄어든다. 그래도 그런 사람이 전혀 없지는 않았다. 조건에 맞는 몇몇 사람과 실제로 만나보기도 했다. 하지만 자세히 이야기를 들어보면 연봉에 대해서는 과장해서 말하는 사람이 대부분이었다. '과거에 그 정도쯤 받았다'라거나 '목표가 2천만 엔'이라는 건 그나마 낫다. '그런 금액을 받는다는 걸 믿는 사람이 있는 줄은 몰랐다'며 뻔뻔하게 반문하는 자들도 있었다.

연봉뿐 아니라 모든 프로필이 엉터리인 경우도 많았다. 2주 전에 만났던 자칭 외과의사도 그랬다. 전에 청년 사업가라고 밝힌 남성은 미나에게 수상한 약을 술에 타서 먹이려던 적도 있었다. 그때 '트랩핸드'의 다케시가 구해줬다. 그 후로 다케시의 안목에 의지하고 있다. 그를 만나지 않았다면 계속 이상한 남성들에게 속고 있었을지도 모른다.

이대로는 인간에 대한 신뢰를 잃을 것 같은 상황에서 나타난 게 구리쓰카였다. 이번에야말로 행운의 여신이 웃어주기를, 미나는 그렇게 바랄 뿐이었다.

4

아자부주반의 레스토랑은 좁은 언덕길 중간에 자리하고 있었다. 주택을 개조한 작은 가게여서 미리 지도를 보내주지 않았으면 쉽사리 찾지 못했을지도 모른다.

가게로 들어서자 안쪽 테이블에 앉은 구리쓰키의 모습이 보였다. 미나를 보고 일어났다. 슬림핏 재킷 차림으로, 안에는 검은 티셔츠를 입었다.

"오늘 나와주셔서 감사합니다." 구리쓰카가 정중한 투로 말했다.

"아뇨, 저야말로."

"진나이 씨, 술 드시죠? 괜찮으시다면 샴페인 어떠십니까?"

"네, 좋아요."

구리쓰카는 웨이터를 불러 샴페인을 두 잔 주문했다.

"이 가게에는 자주 오세요?"

"자주라 할 정도는 아니지만 일 년에 몇 번쯤은 찾습니다. 해외 고객들을 데려오면 좋아하더군요."

"어떤 일을 하시나요?" 미나는 제일 궁금한 것을 물

었다.

구리쓰카는 재킷 안주머니에서 명함을 꺼냈다. 거기에 적혀 있던 건 낯선 기업의 이름이었다. 그의 직함은 전무이사였다.

"수상한 회사라고 생각하시는군요?" 구리쓰카가 미나의 얼굴을 들여다봤다.

"어머, 아니에요." 황급히 고개를 저었다.

"일반인들은 모를 법도 합니다. 한마디로 컴퓨터 관련 기업이죠."

"IT 기업인가요?"

"뭐, 비슷합니다." 구리쓰카는 하얀 이를 보였다.

역시나, 하고 생각하며 미나는 상대를 바라봤다.

"업무 내용은 제가 들어도 모르겠죠? 어려운 분야 같아요."

"글쎄요, 혹시 메타버스는 아십니까?"

"메타버스…… 단어 자체는 종종 듣는 것 같은데요."

"간단히 설명하면 인터넷상에 현실과 비슷하게 구축한 공간입니다. 텔레비전에서 특수한 고글을 착용하고 가상 세계를 체험하는 걸 보신 적 있으십니까?"

"아, 그러고 보니……" 미나는 고개를 끄덕이며 손뼉을 쳤다. "3D 게임 같은 데 쓰이는 거죠?"

"그것도 메타버스의 일종이죠. 저희 회사에서는 메타버스를 사업에 활용하는 프로젝트를 진행하고 있습니다. 이를테면 버추얼숍 같은 거죠. 고객은 가상 공간의 매장을 방문해, 그곳에 진열된 상품을 자유롭게 구경할 수 있습니다. 궁금한 게 있으면 직원에게 질문할 수 있고요. 그 직원은 아바타, 즉 가상 공간에 존재하는 실제 직원의 분신입니다. 이 시스템을 이용하면 굳이 먼 곳까지 쇼핑하러 갈 필요가 없죠."

"어머, 재미있어 보여요."

"관광도 가능합니다. 가상 공간에 해외 명소를 재현할 수 있거든요. 가볍게 여행을 체험할 수 있는 데다, 실제로 가는 것에 비해 경비를 훨씬 절감할 수 있죠. 아픈 분이나 몸이 불편한 분도 세계일주를 할 수 있죠. 현재 항공 회사와 협동으로 개발을 진행하고 있습니다."

"멋지네요." 미나는 솔직하게 대답했다.

"그 밖에도 비즈니스에 활용할 수 있는 방법은 무궁무진합니다. 메타버스는 엄청난 장래성을 가진 기술이라고 저희는 확신하고 있죠."

저희는, 이라는 말투에서 회사의 대표자임을 스스로 인식하고 있다는 것이 느껴졌다.

웨이터가 샴페인을 가져왔다.

"그럼 오늘은 잘 부탁드립니다." 구리쓰카가 잔을 들었다.

네, 하고 대답하며 미나도 잔을 들어 한 모금 마셨다. 향이 풍부하고 목 넘김이 좋은 샴페인이었다. 또는 들뜬 기분이 그렇게 착각하게 만드는 걸까.

"뭔가 못 드시는 게 있습니까?" 메뉴를 펼치며 구리쓰카가 물었다. "반대로 이건 꼭 먹고 싶다는 음식이 있으면 알려주십시오."

"못 먹는 건 없어요. 추천해 주시는 걸로 할게요."

"알겠습니다."

구리쓰카는 다시 웨이터를 불러 주문했다. 문어셀러리마리네이드, 꽃이 달린 주키니호박갈릭구이, 양배추롤, 커틀릿의 조합이었다.

"다 드시고 배에 조금 여유가 있으면 하이라이스를 주문하죠." 구리쓰카는 메뉴를 덮고 웨이터에게 건넸다. 사소한 행동거지 하나하나에서 연륜과 여유가 느껴졌다.

직업을 알아낸다는 오늘의 최대 목적은 달성했다. 회사 개요에 대해서는 집에 가서 차분하게 공식 사이트를 살펴보면 된다. 나머지 확인할 것은 자산, 경력 그리고 가족이다.

"구리쓰카 씨는 취미가 어떻게 되시죠?"

그러자 구리쓰카는 살짝 얼굴을 찡그렸다. "제가 제일 난감해하는 질문이군요."

"어째서요?"

"이렇다 할 취미가 없으니까요. 이런저런 분야에 도전해 봤지만, 취미라 할 만큼 몰입할 수 있는 게 없었습니다. 골프 같은 것도, 치라고 하면 어느 정도는 칠 자신은 있습니다. 하지만 좋아하느냐고 물으면, 그렇지는 않죠. 최소한 제가 먼저 골프를 치자고는 안 하죠. 그런 건 취미라 할 수 없죠."

"그럼 쉬는 날에는 어떻게 시간을 보내시나요?"

구리쓰카는 음, 하고 신음했다.

"그때그때 다르죠. 영화도 보러 가고, 집에서 책도 읽

고……. 하지만 영화 감상도, 독서도, 취미라 할 정도는
아닙니다."

"휴가철에는요? 여름에는 별장으로 피서를 가시나요?"

미나의 질문에 구리쓰카는 웃음을 터뜨렸다.

"별장 같은 건 없습니다. 주변에서 사라고 권유는 하
는데, 어불성설이죠."

"왜죠?"

"쓸데없으니까요. 별장은 고작해야 일 년에 몇 번 이
용할까 말까죠. 그걸 위해 몇천만, 몇억이나 되는 큰돈
을 쓰는 사람의 심리를 모르겠어요. 그 정도 금액이면
고급 호텔에 몇 박은 묵을 수 있습니다." 이윽고 구리
쓰카는 뭔가 알아챈 표정으로 말을 이었다. "혹시 진나
이 씨는 별장에 로망이 있으십니까? 그렇다면 제가 실
언했군요."

미나는 아뇨, 하고 살짝 손사래를 쳤다.

"'발바록스'를 찾아주시는 고객님들은 별장을 소유
하신 분들이 많아서 혹시 구리쓰카 씨도 그러신가 해서
여쭤본 것뿐이에요. 저는 별장에 아무 생각 없어요. 구
리쓰카 씨 말씀이 맞다고 생각해요."

"그러면 다행이고요." 구리쓰카는 안도한 듯 미소 지었다.

짧은 대화를 나누며 미나는 또 하나의 목적을 달성했다. 말투로 보아 하니 별장을 살 정도의 재력은 있는 것 같다.

음식이 나왔다. 먼저 문어셀러리마리네이드였다. 상큼하고 맛있어서 샴페인 안주로 더없이 잘 어울렸다. 이어서 꽃이 달린 주키니호박구이가 나왔을 때는 잔이 바닥을 드러냈다.

"다음 술은 뭘로 하시겠습니까?" 구리쓰카가 곧바로 물었다. "다음 요리는 양배추롤과 커틀릿입니다. 가벼운 레드와인은 어떠십니까?"

"추천해 주시는 걸로 할게요."

여자를 대하는 기술도 능숙했다. 이만한 인물이니 지금까지 사귀었던 여자도 한둘이 아니겠지. 하지만 바람기가 있는 게 아니라면 그건 장점이다.

양배추롤 맛이 레드와인과 잘 어울렸다. 하지만 먹는 데 몰두할 때가 아니었다.

"구리쓰카 씨, 고향은 어디세요?"

"삿포로입니다. 대학 진학을 계기로 도쿄로 왔고, 그대로 여기서 취직했죠."

"지금 회사에요?"

구리쓰카는 고개를 저었다.

"통신사업 회사입니다. 그곳에서 만난 동료들과 독립해서 지금 회사를 창업했죠. 십 년 전쯤에요."

그래서 이 젊은 나이에 전무이사인 건가. 미나는 납득했다.

커틀릿이 나왔다. 육질은 부드러웠고 소스에서는 서민적인 맛이 났다. 저도 모르게 와인을 마시는 속도가 빨라졌지만 취할 때가 아니었다.

"삿포로에는 자주 가시나요?"

"일 년에 한두 번…… 일까요. 부모님이 계시거든요."

"부모님은 어떤 일을 하시나요?"

"아버지는 고령인데도 아직 치과를 운영하십니다. 이제 그만 쉬시라고 했지만, 본인을 찾는 환자가 있는 한 계속하신다고."

개원의라면 어릴 적부터 경제적으로 부유하게 살았다고 생각해도 되겠지.

"형제분은요?"

"누님이 있습니다. 고향에 있는 전통 과자집으로 시집을 갔죠."

"그러시군요."

시누이 한 명쯤은 어쩔 수 없다. 게다가 결혼했으니 별걱정 없겠지. 오히려 시부모의 노후를 생각하면, 책임을 분담해 줄 존재가 있어서 다행이었다.

구리쓰카가 쿡쿡 웃음을 흘렸다.

"왜 그러시죠?" 미나가 물었다.

"아뇨, 리서치 결과가 궁금해서요. 어떤 평가가 나왔을까 해서."

"아…… 죄송합니다." 미나는 포크와 나이프를 쥔 채 살짝 고개를 숙였다. 아무래도 의도가 들통 난 모양이었다.

"사과할 필요는 없습니다. 당연한 일이죠. 오히려 관심을 가져주셔서 영광입니다. 그러면 진나이 씨, 이번에는 제 쪽에서 질문해도 되겠습니까?"

미나는 상대의 얼굴을 바라보며 흠칫했다. "네, 그러시죠, 말씀하세요……."

구리쓰카는 쓴웃음을 지었다.

"너무 긴장하지 마시죠. 그럼 출신지부터. 고향은 어디십니까?"

"태어난 곳은 고베예요."

호오, 하고 구리쓰카는 입을 오므렸다. "고베에서 태어나셨는데 간사이 억양이 전혀 느껴지지 않는군요."

"아버지 일 때문에 전국 곳곳을 옮겨 다녔어요. 고베에서 태어나기는 했어도 기억은 안 나고요."

"부모님은 지금 어디 사시죠?"

"아버지는 돌아가셨어요. 어머니는 오빠 부부하고 토론토에서 사세요."

"캐나다에서요?" 구리쓰카의 눈이 휘둥그레졌다.

"오빠가 일 때문에 캐나다에 있는 동안에 캐나다 여자 친구를 사귀게 됐고, 결혼해서 그대로 거기 정착하게 됐어요. 오빠는 새 관찰이 취미라 캐나다는 천국이라고 하더군요."

"잘됐군요. 그럼 이번엔 진나이 씨 취미를 알려주시겠습니까?"

"취미…… 라. 사실 저도 이렇다 할 취미는 없어요. 굳이 꼽자면 요리일까요. 하지만 솜씨가 좋은 건 아니에요. 그냥 좋아할 뿐이죠."

취미는 요리. 남자들이 제일 좋아하는 대답이다. 이 대사를 말하고 싶어서 요리 교실에 다녔다.

"멋진 취미군요. 죄송하지만 저는 그쪽 방면으로는 함께할 수 없을 것 같군요. 요리보다는 먹는 전문이라서요." 말을 마치고 구리쓰카는 마지막 커틀릿을 입에 넣었다.

"좋은데요. 저도 먹는 건 좋아하거든요."

"뭔가 함께 즐길 수 있는 취미를 찾고 싶군요. 이야기하면 즐겁고, 신이 나는 취미가 있으면 식사가 더욱 즐거워지겠죠."

"그렇겠네요. 어떤 게 좋을까요?"

"같이 즐길 수 있어야 하니 스포츠나 게임은 어떨까요? 아니면 도예나. 아, 조금 가벼운 게 좋겠군요. 음악은 저마다 취향이 있으니 영화 감상이라든지…… 아, 하지만 아까 영화 감상은 취미가 아니라고 자백했었죠."

구리쓰카의 이야기를 듣던 미나의 머릿속에 번뜩이는 것이 있었다.

"연극은 어떨까요?"

"연극요?"

"무대극요. 뮤지컬이라든지."

구리쓰카는 나이프와 포크를 내려놓고 등허리를 쭉 폈다. "연극은 생각도 못 했군요."

"별로인가요?"

"아뇨, 그럴 리가요." 구리쓰카는 고개를 저었다. "허를 찔렸습니다. 전혀 생각도 못 했거든요. 하지만 좋을 것 같군요. 연극이라. 그러고 보니 예전에 메타버스에 무대극 발상을 도입하면 어떠냐는 의견이 나온 적이 있습니다. 무대도 영상과 마찬가지로 가공의 세상이지만, 관객은 무대 세계에 들어갈 수 있잖습니까. 관객 참가로 배우가 될 수 있죠. 유저가 아바타로서 참가할 수 있는 메타버스와 비슷합니다. 음, 좋군요. 진나이 씨는 연극을 좋아하십니까?"

"가끔 보러 가요."

"그럼 다음에 같이 보러 가죠. 어디서 어떤 공연을 하는지 알아보겠습니다."

"부탁드립니다. 마음에 드셨다니 다행이에요."

"굿 아이디어입니다." 구리쓰카는 엄지손가락을 들었다.

커틀릿을 다 먹었을 즈음에는 이미 배가 차 있었다. 하이라이스도 먹고 싶었지만 포기했다. 디저트도 단념했다.

"자, 이제 이쩔까요? 피곤하시면 오늘 밤은 여기서 마무리해도 되고요." 계산을 마친 구리쓰카가 물었다.

"피곤하지는 않아요. 괜찮으시다면 한잔 더 하실래요? 에비스에 멋진 바를 알거든요."

"가미오 씨하고 말씀하시던 곳이군요. 저도 꼭 가보고 싶네요." 구리쓰카는 반색하며 말했다.

거절당할 리 없다는 확신이 들었지만 막상 미나는 안도의 한숨을 내쉬었다. '트랩핸드'에 데려가고 싶어서 구리쓰카와의 점심 약속을 저녁으로 바꾼 것이다.

'트랩핸드'에 가자 손님은 없었고 다케시가 카운터 안쪽에서 술잔을 닦고 있었다. 미나 일행을 보고 어서 오세요, 하고 웃으며 인사를 건넸다.

"이쪽이 마스터인 가미오 씨예요. 마요 씨의 삼촌이시죠." 미나는 구리쓰카에게 다케시를 소개했다. 그리고 다케시에게 구리쓰카가 마요의 고객이라는 이야기를 했다. 그러셨군요, 잘 부탁드립니다, 하고 두 사람의 표정이 단박에 부드러워졌다.

미나는 다케시에게 눈짓을 보냈다. 평소처럼 감정에 협조해 달라는 신호였다. 다케시의 표정은 그대로였지만 분위기로 보아 하니 알아들은 것 같았다.

"주문은 어떻게 하시겠습니까?" 다케시가 물었다.

"저는 '아드백' 하이볼로 주세요."

"그럼 저도 같은 걸로 주십시오."

알겠습니다, 하고 다케시가 고개를 끄덕였다.

"구리쓰카 씨, 차 있으세요?" 미나는 새로운 질문을 던졌다. 구리쓰카가 진짜 부자인지 아닌지를 다케시에게 감정받기 위해서는 최대한 많은 정보를 얻어낼 필요가 있었다.

"아뇨, 없습니다. 이동할 때는 대중교통이나 택시 또는 회사 차량을 이용하고요. 사적으로 이용하는 것도 어느 정도는 용인해 주거든요."

"운전은 못 하시나요?"

"면허는 있는데 직접 운전하는 일은 거의 없습니다.

주차장을 찾는 것도 귀찮고, 시간 낭비인 것 같아서요. 사고 날까 두렵기도 하고요."

주문하신 음료 나왔습니다, 라고 말하며 다케시가 하이볼 잔을 두 사람 앞에 내려놓았다.

"그리고……." 구리쓰카가 잔에 손을 뻗으며 말을 이었다. "운전을 하면 술을 못 마시니까요."

"그러게요." 미나도 미소 지으며 술잔을 들었다.

요즘 사업가답다고 생각했다. 부자가 돼도 차에는 별 관심이 없는 것이다.

그 뒤로는 학창 시절에 즐겼던 스포츠 이야기를 했다. 구리쓰카는 고등학교 때까지 테니스를 쳤다고 했다. 대학에서는 봉사활동을 열심히 했는데 그에 대해서는 "자백하자면 취직을 위해서였습니다"라고 솔직하게 밝혔다. "봉사활동을 하면 면접에서 가산점을 받을 수 있다는 얘기를 들었거든요. 그냥 소문이었겠지만."

하이볼을 두 잔 마신 뒤 미나는 화장실에 간다며 자리를 떴다. 볼일을 보는 것 말고도 목적이 하나 더 있었다. 스마트폰으로 구리쓰카의 회사를 검색한 것이다.

IT 기업답게 공식 사이트 디자인은 세련됐다. 업무

마지막 행운

내용에도 메타버스라는 단어가 들어가 있었다. 내용이 어려워서 잘은 모르겠지만 사업은 번창하고 있는 것 같았다. 회사 개요에 따르면 구리쓰카의 말처럼 10년 전에 설립됐다고 했다.

자리로 돌아오자 "그럼 저도 잠깐 실례하겠습니다"라며 구리쓰카도 자리에서 일어나 화장실로 사라졌다. 마스터, 하고 미나는 작은 소리로 다케시를 불렀다. "어때요?"

그러자 다케시는 미간을 찌푸리며 말없이 고개를 저었다.

"어, 안 된다고요? 왜?"

"마요가 곤란해지겠어요."

"마요 씨가요? 왜요?"

"구리쓰카 씨 집 리모델링 계획을 세우는 것 같았는데, 근본적으로 방향을 바꿔야 할 것 같습니다. 일인 가구가 아니라 신혼부부를 위한 집으로요."

"어, 그러면……." 단숨에 얼굴이 달아올랐다.

다케시는 씩 웃었다.

"성공하셨군요, 진짜입니다. 미나 씨가 자리를 비운

사이에 구리쓰카 씨가 스마트폰으로 스케줄을 확인하더군요. 내일 건강검진을 받는 것 같던데, 장소는 회원제 고급 의료 시설입니다. 분명 연회비만 수십만 엔은 하는 곳이죠. 밤에는 항공회사 임원과 미팅이 잡힌 것 같고요."

"항공회사…… 그러고 보니 그런 얘기도 했어요."

"꽤 바쁜 사람 같았습니다. 그런데도 일부러 시간을 내서 미나 씨와 데이트한 걸 보면 기대해도 되겠어요. 이렇게 조건이 두루 좋은 상대는 웬만해서는 없습니다. 어떻게든 잡으세요."

"네, 꼭." 미나는 다케시의 눈을 바라보며 대답했다.

5

막간이 지나고 무대에 등장한 건 여주인공 역할의
배우였다. 별이 빛나는 밤하늘을 배경으로 춤추고 노
래했다. 여주인공의 내적 갈등을 표현한 가사였다. 영
국 시골 마을에서 교사로 일하는 그녀는 지금 선택의
기로에 서 있었다. 사랑하는 연인과 함께 미국으로 떠
날 것인가, 자신을 따르는 아이들과 함께 마을에 남을
것인가. 아이들 중에는 앞을 못 보는 소녀도 있어서 여
주인공이 돌봐주지 않으면 일상적인 생활조차 힘들어
질 것이었다. 그리고 출발일은 내일이었다. 연인과는
영국 사우샘프턴항에서 만나기로 했다.

거기서 출항하는 배로 미국으로 떠날 작정이었지만
그 배는 유명한 타이태닉호였다.

잘 짜인 각본이었다. 관객들은 그 유명한 호화 여객
선이 침몰한다는 사실을 알고 있지만 무대 위 등장인
물은 당연히 모른다. 안절부절못하는 건 연극을 보는
관객뿐이다.

결국 여주인공은 항구에 가지 않지만 타이태닉호 사

고 소식을 듣고 아연실색한다. 그 충격은 그 뒤로도 그녀의 마음에 그늘을 드리운다. 인생의 갈림길에서 중대한 결단을 내렸지만 그 선택이 올바른 것이었는지 줄곧 판단을 내리지 못하고 있었다. 목숨을 건졌으니 올바른 선택이었다는 식으로는 생각할 수 없었다.

세 시간 반쯤 되는 무대극의 막이 내린 뒤, 미나와 구리쓰카가 극장에서 나오니 오후 8시가 지나고 있었다.

"재미있었습니다." 구리쓰카의 얼굴은 약간 상기돼 있었다. "만족스러운 시간이었어요."

"생각보다 재미있었어요."

"자리를 옮겨서 차분하게 이야기해 볼까요."

구리쓰카가 예약해 놓은 긴자의 다이닝 바에서 함께 식사하기로 했다.

"마지막에 그렇게 전개될 줄은 몰랐습니다." 구리쓰카가 와인 잔을 한 손에 들고 말했다. "설마 연인이 살아 있었을 줄이야. 사랑하는 사람을 끌어들이지 않아서 다행이라는 마음이 그를 살게 했다니, 무척 감동적이었습니다."

"저는 신부님의 말이 인상적이었어요. 타이태닉에

타지 않은 사람들은 자신이 목숨을 건졌다고 생각하겠지만, 승객들이 바뀌었다면 선장의 판단도 바뀌어서 사고는 일어나지 않았을지도 모른다는 말이요. 듣고 정말 놀랐어요. 인생에서 선택의 의미를 다시금 생각하게 됐다고 할까요. 다른 길을 택했으면 어떻게 됐을까, 그런 건 아무도 모르는 일이니까요."

"말씀대로 그 대사를 들었을 때 눈이 확 뜨이더군요. 전형적이지 않은 탄탄한 스토리가 정말 좋았습니다. 배우들의 연기도 훌륭했고요."

"연기는……." 그렇게 운을 뗀 뒤에 미나는 고개를 갸웃했다. "그건 잘 모르겠네요."

구리쓰카는 뜻밖이라는 듯 눈을 깜빡였다. "별로셨습니까?"

"여주인공의 연기가 조금 과잉된 느낌이지 않았나요? 전반 전개를 보면, 후반에 꽤 감정을 고조시켜야 할 국면이 있을 거란 예상은 할 수 있잖아요. 그런 경우는 조금 더 감정 표현을 자제하는 게 좋지 않았을까요. 예상대로 종반에서 관객들도 조금 지쳐서, 긴장감이 옅어진 것 같았고요."

"그렇군요." 구리쓰카는 납득했다는 표정으로 미나의 얼굴을 바라봤다. "듣고 보니 그랬던 것 같습니다. 저도 후반에는 신경이 좀 마비된 느낌이 들었습니다. 대단하십니다. 저하고는 보는 수준이 다르시군요."

"죄송해요, 아는 척해서."

"아닙니다, 많이 배웠습니다."

가게를 나서자 오후 10시 반이었다. 구리쓰카가 집까지 바래다주겠다고 했다. 오늘 데이트는 이쯤에서 끝인 모양이었다.

"아뇨, 괜찮아요. 오늘은 감사했습니다. 즐거웠어요."

"저도 즐거웠습니다. 또 만나주시겠습니까?"

"물론이죠. 기다리겠습니다."

빈 택시가 지나가는 걸 보고 구리쓰카가 손을 들어 세웠다. 택시에 올라탄 미나는 차 안에서 그를 향해 손을 흔들었다.

택시가 출발하자 미나는 에비스로 가주세요, 하고 기사에게 말했다.

'트랩핸드'의 문을 열자 카운터에 두 사람이 앉아 있

었다. 안쪽에 있는 베레모를 쓴 남자는 전에 마요와 같이 마신 날에도 본 적이 있다. 그 옆에 있는 건 마흔 전후의 여성이었는데 미나는 처음 보는 사람이었다. 떨어져 앉은 것을 보면 남자와 일행은 아닌 것 같았다.

어서 오십시오, 하고 다케시가 인사를 건넸다. "혼자 오셨습니까?"

"아까까지 구리쓰카 씨하고 같이 있었어요. 연극을 보고 왔죠."

"어떠셨습니까?"

"잘 만든 연극이더라고요. 지루하지는 않았어요."

다케시는 의미심장한 시선을 보냈다.

"감정 결과를 여쭤본 건데요. 그분과 만나는 목적은 감정이잖습니까."

"그 결과는 거의 나온 거나 마찬가지죠. 얼마 전에 마스터가 말씀한 대로라고 생각해요."

다케시는 고개를 숙이며 말했다. "진짜였죠?"

"틀림없어요."

다케시는 힘주어 끄덕였다. "아껴둔 그라파*를 따야

* 와인을 만들고 남은 찌꺼기를 증류해서 만든 브랜디.

겠군요. 제 선물입니다."

"감사히 마실게요."

다케시가 돌아섰을 때 출입문이 열렸다. 들어온 사람은 마요였다. 그녀는 미나를 보고서는 놀라움과 기쁨이 섞인 표정을 지으며 다가왔다. "혼자예요?"

"네."

"나노 혼자예요. 술자리가 어중간한 시간에 끝나서."

"마침 잘됐네요. 할 얘기도 있는데."

"구리쓰카 씨 얘기예요?"

미나가 천천히 고개를 끄덕이자 마요는 눈을 동그랗게 떴다.

"그 얘기는 자세히 들어봐야겠네요. 아, 잠깐 기다려요. 그전에 화장실 좀 다녀올게요. 삼촌, 미나 씨가 뭘 주문했는지는 모르겠지만 나도 똑같은 거 줘요." 그러고는 화장실로 걸어갔다.

다케시는 떨떠름한 표정으로 쯧, 혀를 찼다.

"들어오자마자 화장실이라니 매너 없는 녀석. 최소한 자리에 앉은 뒤에 가든지 하지."

"뭐 어때요."

"재한테도 그라파를 맛보여 줘야 하는 건가. 영 안 내키는군."

이내 화장실 문을 열고 마요가 나왔다. 그와 동시에 출입문을 열고 누군가가 들어왔다. 하마터면 부딪칠 뻔했다.

하지만 다음 순간, 미나는 비명을 지를 뻔했다. 들어온 사람이 검은 복면을 뒤집어쓰고 있었기 때문이다.

"프리즈(Freeze)!" 복면 남자는 고함을 질렀다. 영어로 움직이지 말라는 뜻이다. 남자는 말을 이었다. "소리 내지 마. 내면 죽인다!"

그 손에 칼이 들려 있는 걸 보고 미나는 모골이 송연해졌다.

남자는 바로 옆에 있던 마요의 팔을 붙잡아 잡아당겼다. 그리고 칼끝을 마요의 목에 들이댔다. 마요는 얼굴을 굳힐 뿐 아무 소리도 내지 못했다.

"캄 다운(Calm down)!" 다케시가 오른손을 남자 쪽으로 내밀었다. 진정하라는 뜻이었다. '뭘 원하는 거지?' 유창한 영어로 묻는 다케시의 목소리는 평소보다 조금 톤이 높았지만 말투는 차분했다. 상대를 흥분하게 만

들어서는 안 된다고 생각했기 때문이겠지.

남자가 다케시 쪽을 쏘아봤다. '돈을 내놔.'

'알았어, 줄게. 그러니까 난폭한 짓은 그만둬.' 다케시는 카운터 밑에서 작은 금고를 꺼내 카운터에 올려놓았다. '자, 이걸 가져가.'

"오픈(Open)." 남자가 말했다.

다케시는 금고를 열었다. 만 엔짜리 지폐가 몇 장 들어 있었다.

가져와, 하고 남자가 마요에게 명령했다. 그녀는 금고로 손을 뻗었다. 온몸을 와들와들 떨고 있었다.

'이제 목적은 달성했지? 그 애를 놓아 줘.' 다케시가 말했다.

복면을 쓴 남자는 고개를 저었다.

'이 여자는 내가 데려간다. 나가자마자 경찰에 신고할 수도 있으니까. 무사히 도망치면 거기서 풀어주지. 그때까지 경찰이 쫓아오면 이 여자를 죽일 거다.'

'신고 같은 건 안 해. 다른 사람들한테도 못 하게 할 거야. 약속하지. 그러니까 그 애를 놓아줘.'

'안 돼. 그 말을 어떻게 믿지.' 복면을 쓴 남자는 마요의 목에 칼끝을 들이댄 채 뒷걸음질 쳤다. 마요의 얼굴이 백지장처럼 하얗게 질렸다.

이 긴박한 상황 속에서 미나는 기묘한 감각에 휩싸였다. 어째서인지 피가 끓었다. 움직여서는 안 된다. 머리로는 가만히 있어야 한다는 걸 알고 있었지만 정체불명의 충동이 솟아올랐다.

"웨이트(Wait)!" 끝내 미나는 소리치고 말았다. 잠깐, 이라고. 왜 이런 짓을 했는지 스스로도 이해할 수 없었다.

복면을 쓴 남자의 시선이 자신에게 옮겨 오는 걸 보며 미나는 온몸이 얼어붙는 것 같았다. 뒷말을 이을 수가 없었다. 왜 소리친 거지. 후회했지만 이미 늦었다.

하지만 입은 멋대로 움직였다.

'그 사람을 놓아줘. 대신 내가 갈 테니.'

무슨 소리를 하는 거니? 스스로에게 소리쳤다. 머리가 이상해진 건가?

"그건 안 됩니다." 그렇게 말하는 목소리가 귓가에 울려 퍼졌다. 다케시였다. 그는 카운터 안쪽에서 고개를 저었다. "가만히 계십시오. 저 남자를 흥분시켜서는 안 됩니다."

'무슨 얘기를 하는 거지?' 복면을 쓴 남자가 고함을 질렀다. '영어로 말해!'

'내가 대신 간다고 했어요.' 미나는 의자에서 일어나 남자에게 다가갔다.

'거기 서, 다가오지 마.' 남자가 손으로 제지했다. '네 가방을 내놔.'

미나는 자기 가방을 내려다봤다. '이 가방을?'

'그래. 그 가방. 그대로 천천히 이쪽으로 건네. 허튼 짓할 생각 말고.'

남자의 말을 듣고 미나는 아까부터 느꼈던 위화감의 정체를 알아챘다. 그리고 왜 제 몸이 이상하게 반응하는지 납득이 갔다.

혹시나 싶었다. 동시에 그럴 리가 없다고도 생각했다.

'뭐 하는 거지? 빨리 내놔!' 복면을 쓴 남자가 다시 고함을 질렀다.

미나는 천천히 가방에 오른손을 넣었다. 그리고 남자 쪽을 바라봤다.

'거기까지야. 그 사람을 놓아줘.'

'뭐라고?'

미나는 남자를 노려봤다. 아드레날린이 분출되며 온몸의 피가 끓었다. 하지만 한편으로 머릿속은 냉정했다. 왜 이렇게 된 건지 사정은 모르겠다. 하지만 지금은 자신이 해야 할 일을 해야 한다. 본능이 그렇게 명령하고 있었다.

'MPD 수사관 진나이다.' 미나는 남자를 향해 말했다. '이 가방 안에는 권총이 들어 있어. 쓸데없는 저항은 그만둬.'

MPD는 'Metropolitan Police Department'의 약자로, 경시청을 뜻하지. 머리 한구석으로 그런 생각을 하며 말했다.

다케시가 놀란 표정을 지었다. 영어를 잘하는 그는 미나가 왜 이런 말을 하는지 어리둥절할 것이다. 하지만 미나 본인도 잘 설명할 자신이 없었다.

'어디서 거짓말을 지껄여!' 남자가 으르렁거렸다.

'그럼 확인해 볼래? 그 사람을 털끝 하나라도 건드렸다가는 방아쇠를 당길 테니까.' 미나는 최대한 냉정한 목소리를 유지하려고 애썼다.

'물러나. 더 가까이 오지 마.'

'그 사람을 놓아줘. 당신을 생각해서 하는 말이기도 해. 내가 가방에서 총을 꺼내기 전에는 보고서에 뭐든 쓸 수 있지. 질 나쁜 장난이었다고 넘어가 줄 수도 있어. 하지만 총을 꺼낸 순간부터 그런 변명은 통하지 않아. 일본 경찰은 웬만한 일로는 총을 꺼내지 않거든. 무사가 쉽게 검을 뽑지 않는 것과 마찬가지지. 만일 총을 꺼내면 그 이유를 보고서에 길게 써야 하는데, 눈앞에서 칼을 든 남자가 여자를 위협했기 때문이라고 쓸 수밖에 없어. 그렇게 되면 당신은 범죄자야. 상해미수? 자칫하면 살인미수야. 어느 쪽이든 경찰에 쫓기는 신세가 될걸. 자, 어떡할래? 나는 어느 쪽이든 상관없어'

평소 쓸 일이 없는 어려운 영어 단어가 술술 나왔다. 물론 거기에는 이유가 있었다.

복면을 쓴 남자의 동공이 흔들렸다. 불안한 기운이 온몸에서 느껴졌다.

남자는 마요를 홱 밀쳤다. 그녀가 작은 비명을 지른 직후, 남자는 문을 열고 밖으로 뛰쳐나갔다.

다케시가 스마트폰을 들었다. 경찰에 신고하려는 거겠지. 하지만 그가 스마트폰을 만지기 전에 "잠깐만요!" 하고 소리친 사람이 있었다. 안쪽 자리에 앉아 있던 베레모를 쓴 남자였다. 어째서인지 그는 활짝 웃는 낯으로 미나를 바라봤다. 그리고 두 손을 들어 짝짝 손뼉을 쳤다. 그 리듬은 점차 빨라져 박수가 됐다.

그만은 아니었다. 이 가게에서 처음 보는 중년 여성 손님도 똑같이 박수를 보냈다.

"뭡니까? 이게 무슨 상황이죠?" 다케시가 떨리는 목소리로 물었다. 그가 이만큼 당황한 모습을 미나는 지금까지 본 적이 없었다.

베레모를 쓴 남자는 박수를 멈추더니 진지한 얼굴로 깍듯하게 고개를 숙였다.

"먼저 사과드립니다. 정말 죄송했습니다. 진나이 씨는 물론 마스터에게도 폐를 끼쳤습니다. 무엇보다 조카분께 사죄드려야겠군요. 정말 죄송합니다."

"왜 손님께서 사과하시는 겁니까? 어떻게 된 거죠?" 다케시가 재차 물었다.

"어디서부터 설명해야 할지 모르겠지만 일단 말씀드리겠습니다. 방금 강도 사건은 거짓입니다. 복면을 쓴 남자는 제가 고용한 배우입니다."

"배우라고요?" 다케시가 눈살을 찌푸렸다. 여전히 납득이 가지 않는 표정이었다.

하지만 미나에게는 전혀 예상 밖의 상황은 아니었다. 중간부터 뭔가 이상하다는 생각이 들었다.

"저는 이런 사람입니다." 베레모를 쓴 남자가 명함을 꺼내 미나와 다케시에게 건넸다. 명함에는 '카부토 에이전시 대표 프로듀서 오세 이츠타로'라고 적혀 있었다.

오세는 씩 웃었다.

미나는 헉 숨을 삼켰다. '카부토 에이전시'라는 이름이 낯이 익었다. 동시에 이 사람과 전에도 만난 적이 있다는 사실을 떠올렸다.

"전에 뉴욕 스튜디오에서……."

"기억이 나셨나 보군요. 오랜만입니다. 그로부터 벌써 삼 년이나 흘렀군요."

"여길 어떻게……?"

"휴가 겸 출장으로 귀국했습니다. 이 가게에는 우연히 들렀습니다. 과거 미국에서 활약했던 마술사가 하는 가게라고 해서 호기심 반으로 구경하러 왔죠. 그러다 우연히 당신을 발견했고요. 진나이 씨는 전혀 알아채지 못한 것 같았지만."

"죄송합니다. 까맣게 잊고 있었어요."

"그럴 법도 하죠. 당신은 보이는 쪽이었고, 저는 보는 쪽이었으니까요. 서로 다른 입장이었죠."

"이야기 나누시는 중에 죄송합니다만." 다케시가 끼어들었다. "제삼자도 알아들을 수 있도록 설명해 주시겠습니까?"

이거 실례했습니다, 하고 오세가 살짝 고개를 끄덕였다.

"저는 미국에서 연극 관련 일을 합니다. 특히 아시아 배우의 캐스팅을 담당하는 일이 많죠. 삼 년 전, 어느 신작 뮤지컬 기획이 시작됐을 때, 일본인 여배우를 찾아달라는 의뢰를 받았습니다. 새로운 얼굴이어야 해서 되도록 무명 배우를 찾는다더군요. 그래서 인맥을 동원해 오디션을 개최했습니다. 최종 후보를 세 명으로 좁혀서 연출가의 의견을 들은 뒤, 한 사람을 결정했습니다만 저는 다른 후보자가 눈에 밟혔습니다. 아주 세련된 연기라고는 할 수 없었지만 관객의 마음을 움직이는 뭔가가 있었고, 무엇보다 예측할 수 없는 매력이 있었죠. 언젠가 꼭 캐스팅하고 싶다고 생각했습니다. 그리고 곧 기회가 찾아왔죠. 대본을 읽었을 때 떠오르는 이미지가 딱 그 배우였죠. 오디션이나 카메라 테스트도 필요 없다는 생각이 들 정도였습니다. 저는 곧장 그를 만나려고 했습니다. 하지만 통 연락이 되지 않았죠. 수소문하니 일본으로 돌아간 것 같았습니다. 하는 수 없이 그 작품에 다른 배우를 기용했습니다. 그 이후에도 내내 마음 한구석에 응어리처럼 남았습니다. 그러다 오랜만에 귀국해서 생각지도 못한 곳에서 그를 만났죠. 그 배우가 진나이 미나 씨, 바로 당신이었습니다."

오세의 이야기를 듣고 몇 주 전의 일을 떠올렸다. 자칭 외과의사와 만났던 밤이었다. 시선을 느꼈는데 착각이 아니었다.

"미나 씨, 미국에서 배우로 활동하셨습니까?" 다케시가 물었다.

"말만 배우였죠. 자칭 배우나 마찬가지였어요." 미나는 힘없이 웃음을 흘렸다. "이름이 있는 배역을 맡은 적은 거의 없어요. 스물다섯까지 도전해 보고, 안 될 것 같으면 재능이 없는 거니 포기하고 귀국하자고 생각했죠."

"그렇게 쉽게 자기 자신을 재단하면 안 됩니다." 오

세가 미나를 바라봤다. "미국은 기회의 땅입니다."

"알아요. 하지만 그 기회를 잡으려는 사람은 그 천 배
는 되니까요."

"고작 천 배죠. 그런 숫자에 겁먹으면 안 돼요." 오세
는 겉옷 안주머니에서 뭔가를 꺼냈다. 한 장의 사진이
었다. 그 사진을 보고 미나는 숨을 삼켰다. 3년 전 오디
션을 보러 갔을 때, 제출한 것이었다. "이 시절의 당신
은 무서운 게 없는 사람처럼 보였습니다."

"전 실패했어요." 미나는 천천히 고개를 저었다. "그래
서 일본으로 돌아왔죠. 그런 저한테 왜 이러시는 거죠?"

"지금부터가 본론입니다." 오세는 사진을 집어넣더
니 미나에게 다가가 눈을 번쩍 떴다. "큰 프로젝트가
시작됐습니다. 일본인 여성이 중요한 역할을 맡고, 제
가 캐스팅 담당자죠. 누구에게 의뢰할지 고민하던 참
입니다만, 이곳에서 진나이 씨를 보고 번뜩였습니다.
당신보다 적임자는 없다고."

"제가요? 그럴 리가……." 미나는 경악한 표정으로 당
황한 듯 말을 흐렸다. "연기를 쉰 지가 몇 년인데……."

"압니다. 아무리 예리한 날붙이도 제대로 손질하지

않으면 녹이 스니까요. 그래서 테스트를 해보고 싶었습니다."

"테스트……."

"그게 방금 일어난 강도 사건입니다. 갑자기 흉기를 든 복면 남자가 난입해 인질을 잡는다. 그 상황에서 당신이 어떻게 반응할지 확인하고 싶었습니다. 하지만 단순히 돌발 상황에 대한 대응 능력만을 보고 싶었던 게 아닙니다. 중간부터 어찌 된 상황인지 눈치채고 있었죠?"

"이상하더군요. 왜냐하면 전에도 비슷한 상황을 경험한 적 있으니까요. 복면을 쓴 남자의 대사도 완전히 똑같았고……."

"기억하죠?" 오세는 힘줘 말했다. "삼 년 전, 진나이 씨가 오디션에서 받았던 대본이 아까와 같은 상황이었죠. 마을 외곽의 작은 식당에 갑자기 복면강도가 난입해서 인질을 붙잡고 금품을 요구한다. 기억하고 계셨군요."

"잊을 리가요. 하지만 머릿속은 혼란스러웠어요. 대본과 똑같은 상황이 현실에서 일어날 리는 없으니까요. 현실인지 연극인지 알 수 없는 채, 몸이 멋대로 반응했어요. 생각보다 먼저 입에서 대사가 튀어나왔죠."

"참으로 훌륭했습니다. 무대 배우는 연기력 말고도 다양한 능력을 갖춰야 하는데, 저는 가장 중요한 건 돌발적인 사태가 발생했을 때도 순간적으로 대응할 수 있는 배짱과 판단력이라고 생각합니다. 그토록 절박한 상황에서 그 연기를 끝까지 해낸 담력에 경의를 표합니다. 당신의 칼날은 하나도 녹슬지 않았군요. 그건 제가 보증합니다. 당신은 테스트에 합격했습니다." 오세는 한 손을 가슴에 올리고 미나를 응시했다. "부탁이 있습니다. 저와 같이 미국으로 갑시다. 그리고 연출가들을 만납시다. 진나이 씨를 추천하고 싶습니다."

갑작스러운 제안에 미나는 현기증이 날 것 같았다. 이게 꿈인가, 생시인가. 아니면 아직도 연극이 계속되고 있는 걸까. 그렇다면 지금부터는 어떤 연기를 하면 되지?

"잠깐만요." 다케시가 말했다. "그러면 당신은 미나 씨의 배우로서 능력을 시험해 보기 위해 이 어설픈 연극을 꾸민 겁니까?"

"어설픈 연극이라는 표현은 유감입니다만, 뭐, 그렇습니다. 사전에 상의했어야 하는데 죄송합니다. 리얼리티를 추구하기 위해서는 어쩔 수 없었습니다."

"어처구니가 없군요." 다케시는 웬일로 흥분한 기색이었다. "제 가게에서 대체 무슨 짓을 벌인 겁니까? 아까 그 범인이 들고 있던 칼은 진짜였어요. 누가 다치기라도 했으면 어쩔 작정이었습니까? 까딱하면 가게 문을 닫아야 할 수도 있었습니다"

"조카분이 들어오신 건 저희도 예상치 못한 상황이었습니다. 인질 역할은 이분에게 부탁하려고 했거든요." 오세는 중년 여성을 가리켰다. "그런데 조카분이 범인역과 딱 마주친 거죠. 그 친구는 바로 옆에 있는 조카분을 인질로 잡지 않는 게 부자연스럽다고 생각한 모양입니다. 솔직히 말씀드리면 저도 속이 말이 아니었습니다."

다케시는 인상을 찌푸리며 고개를 젖혔다.

"황당하군. 미리 언질을 줬다면 더 좋은 아이디어를 제공했을 텐데."

"죄송합니다. 아까도 말씀드렸습니다만 리얼리티를

마지막 행운

중시했습니다."

"사람을 해치지 않고도 할 수 있는 방법은 얼마든지 있습니다." 다케시는 분한 표정을 짓더니 한숨을 내쉬었다. "그나저나 오늘 밤 미나 씨가 오시는 걸 어떻게 알았습니까?"

그건 미나 역시 궁금했던 점이었다.

"간단합니다. 기회가 올 때까지 기다렸습니다. 언젠가는 이곳을 찾아오겠지 하고요."

그건 한마디로, 다케시가 미나 쪽을 보며 말을 이었다. "미나 씨를 계속 지켜보고 있었다는 말입니까?"

"달리 방법이 없었습니다. 그런 의뢰를 전문으로 하는 업자도 있으니까요."

미나는 흠칫했다. "설마 탐정을 붙인 건가요? 계속 저를 감시하셨던 거예요?"

"목적을 이루기 위해서는 수단을 가릴 상황이 아니었습니다. 하지만 사생활을 침해할 생각은 없었습니다. 어디까지나 행선지를 파악했을 뿐입니다. 오늘 밤 데이트 코스를 알고 용기가 생겼습니다. 연기에 관심을 잃은 게 아니라는 걸 알았죠."

미나는 고개를 홱 돌렸다. "연기에 미련이 있어서 보러 간 건 아니에요."

"하지만 피하는 건 아니잖습니까. 그게 중요했습니다. 어떠십니까, 진나이 씨. 저와 같이 미국에 가주시겠습니까?"

"갑자기 그렇게 말씀하셔서도⋯⋯. 저는 이제 다른 세계에서 살고 있어요. 새로운 무대를 찾았다고요. 이제 와서 연기라니⋯⋯."

"물론 당장 답을 달라고는 않겠습니다. 일주일 뒤에 연락을 주십시오. 아까도 말씀드렸지만 기회가 왔습니다. 하지만 도전하지 않는 사람에게 기회는 오지 않습니다." 오세의 말이 실내에 울려 퍼졌다 이내 사라졌다.

그럼, 하고 오세는 지갑에서 만 엔짜리 지폐를 꺼내 카운터에 올려놓았다.

"저희는 그만 실례하겠습니다. 좋은 답을 기대하겠습니다." 오세는 중년 여성에게 눈짓을 한 뒤, 함께 가게를 나갔다.

그들이 떠난 뒤에도 미나는 우두커니 그 자리에 서 있었다. 폭풍이 머릿속을 헤집어 놓는 것 같았다. 모든

게 뒤죽박죽이라 생각이 정리되지 않았다.

　마스터, 하고 불렀다. 힘없는 목소리였다. "전 어떡해야 하죠?"

　후, 하고 다케시는 긴 한숨을 내쉬었다.

　"결정을 내릴 수 있는 건 당신밖에 없습니다."

　입 밖으로 나온 건 정론이었다. 하지만 그렇기 때문에 냉담하게 들렸다.

　하지만, 하고 다케시는 말을 이었다.

　"제 경험에 비춰 말씀드리자면, 일본인이 미국에서 엔터테이너로 성공하기란 지극히 어렵습니다. 일시적으로 각광을 받더라도, 그다음 날에는 모든 스포트라이트가 사라질지도 모릅니다. 그런 세계죠."

　"그렇겠죠······."

　"그리고 드디어 찾아내지 않았습니까. 감정에 합격한 남성을." 다케시는 웃는 낯으로 말했다.

　"네, 그랬죠." 미나의 얼굴에도 웃음이 번졌다. 어느샌가 구리쓰카의 존재는 머릿속에서 사라지고 없었다.

　"드시죠." 다케시가 투명한 액체가 든 잔을 미나 앞에 내려놓았다.

잔을 입에 대기 전에 마요를 돌아보니 카운터 구석에 넋 나간 사람처럼 힘없이 앉아 있었다. 아직 충격에서 벗어나지 못한 듯했다.

야, 하고 다케시가 마요에게 말을 걸었다.

훙냐, 마요는 이상한 소리를 흘렸다.

"얼빠진 소리는 왜 내냐. 정신 차려. 자, 정신 차리는 약이다. 너도 마셔." 그렇게 말하며 다케시는 그라파 잔을 마요의 이마에 들이밀었다.

6

신제품 소파에 대해 설명하던 미나는 나이 지긋한 여성 고객의 표정이 점점 험악해지는 걸 알아챘다.

"이보세요, 내 얘기 들은 거 맞아요? 패브릭 소파를 원한다고 했잖아요. 그런데 왜 굳이 가죽 소파를 권하는 거죠? 그쪽이 더 비싼 건 알지만, 고객의 사정은 고려를 안 하나요?"

"아, 죄송합니다. 제가 깜빡했습니다. 패브릭 제품은 이쪽에 있습니다."

미나는 황급히 장소를 옮겼지만 여성 고객의 심기는 더욱더 언짢아진 것 같았다.

"뭐죠? 이건 로백 소파잖아요. 이걸 업무용 응접실에 놓으라는 건가요? 지금, 나를 무시하는 거예요?"

"아뇨, 그러려던 게……. 죄송합니다. 제가 실수했습니다. 업무용 응접실에 두신다고 하셨죠. 그러면 음, 가죽 소파로……."

"가죽? 몇 번을 말해야 알아듣냐고요?"

여성 고객의 심상치 않은 분위기를 감지했는지 관리

자가 다가왔다. "고객님, 무슨 일이십니까?"

"무슨 일이냐고요? 직원 교육을 어떻게 하는 거예요?"

"저희 직원이 잘못한 게 있다면 제가 대신 사과드리겠습니다. 나중에 확실히 교육하겠습니다. 그럼 제가 모시겠습니다." 관리자는 미나를 돌아보며 "사무실에 가 있으세요" 하고 작은 소리로 말했다. 미나는 고객에게 고개를 숙인 뒤 그 자리를 떴다.

걸으면서 어깨에 힘이 쭉 빠졌다. 질책을 받아 마땅한 접객이었다. 전혀 일에 집중할 수 없었다.

이유는 알고 있었다. 오세의 제안이 머리에서 떠나지 않았다.

다시 미국으로 건너가 배우에 도전한다. 생각지도 못했던 이야기였다. 자신과는 이제 연이 없는 세상이라 단념하고 있었다. 그런데도 역시 마음이 흔들리는 데 짜증을 느꼈다. 힘겹게 봉인했던 감정을 억지로 열어젖힌 오세가 원망스러웠다.

미나의 마음은 먼 옛날로 날아갔다. 아버지의 전근으로 여덟 살 때부터 미국에서 살았다. 처음에는 언어 때문에 고생도 했지만 적응하자 친구도 생기고 매일이 즐거웠다.

열 살 때, 부모님을 따라가 봤던 브로드웨이 뮤지컬은 잊을 수 없는 충격이었다. 막이 오르자마자 마음을 송두리째 빼앗겼다. 노래와 음악에 압도당했고 배우들의 연기에 감동했으며 그 화려한 분위기에 취했다. 인간을 이토록 행복하게 해주는 예술이 있다는 걸 알고 정신을 차려 보니 눈물을 흘리고 있었다.

어린 마음에도 확신했다. 내 약속의 장소는 이곳이다. 언젠가 이곳으로 돌아오겠다. 그것이 운명이라 생각했다.

부모님은 반대했다. 연예계에서 성공하기란 쉽지 않다. 심지어 그녀는 외국인 신분이었다. 어머니에게는 "브로드웨이에서 '미스 사이공'만 상연하는 줄 아니?"라는 소리를 들었다. 아버지는 "오페라 '나비부인'도 서양인이 연기한단다"라고 했다.

그래도 꿈을 포기할 수 없었지만 열다섯 살 때 온 가족이 일본으로 귀국하게 됐다. 미나는 미국에 혼자 남겠다고 우겼지만 부모님이 들어줄 리가 없었다.

일본 고등학교에 다니다 일본 대학에 진학했다. 그동

안 계속 갈등했다. 일본에서의 생활은 나쁘지 않았고 외국인으로 취급받지 않는 삶은 상상 이상으로 쾌적했다. 하지만 연기를 향한 열정은 사라지지 않았다. 몇몇 소극단에 들어가 연기 공부를 했다. 큰 무대에 선 적은 없었지만 연기하는 즐거움을 알았다. 이내 솟아오른 건 미국에서 정점을 노리자는 야망이었다.

마지막 승부에 나선 건 스무 살이 되기 직전의 겨울이었다. 대학을 자퇴하고 가출이나 다름없는 형태로 도미했다.

갖가지 아르바이트를 하며 배우의 길을 걸었다. 손꼽을 수 없을 만큼 오디션에 도전했다. 하지만 제대로 된 배역을 따낸 적은 거의 없었다. 가끔 대사가 있는 배역을 받았지만 거의 정치적인 이유에서거나 다양성 배려 차원에서였다. 대부분 들러리 역할이었다.

마지막으로 오디션에 참가한 건 스물다섯 살 때였다. 그때까지와 비교할 수 없을 정도의 큰 배역이었다. 주인공의 친구이자 운전기사 겸 보디가드라는 설정이었다. 오디션에서 연기한 건 여행 도중에 습격한 괴한을 배짱과 기지로 물리치는 장면이었다. 그래, 바로 '트랩핸드'에서 펼쳐졌던 그 장면이다.

그 오디션에서 떨어졌을 때 그만 끝내자고 결심했다. 이튿날에 바로 귀국길에 올랐다. 그로부터 3년, 전부 잊었다고 생각했는데…….

미나를 회상에서 현실로 돌아오게 한 건 메시지 알림음이었다. 황급히 스마트폰을 꺼냈다. 구리쓰카였다. '오늘 밤에 뵐 수 있습니까?'

약속 장소는 니혼바시에 있는 프렌치 레스토랑이었다. 입구에서 구리쓰카의 이름을 대자 룸으로 안내를 받았다.

"갑자기 만나자고 해서 죄송합니다." 구리쓰카는 고개를 숙이고 사과했다.

"저는 괜찮아요. 구리쓰카 씨야말로 바쁘신 거 아닌가요?"

"나름대로 바쁩니다. 한가해서 만나자고 한 건 아닙니다. 진나이 씨를 꼭 만나고 싶어서 시간을 냈습니다." 평소보다 조금 딱딱한 말투였다.

"급한 용건이라도 있으신가요?"

"급한 용건…… 은 아닙니다. 일단 식사를 즐기시죠." 구리쓰카는 가르송*을 불렀다.

샴페인으로 건배를 하고 식사를 시작했다. 첫 요리는 삼치마리네이드였다.

"지난번에 본 연극을 인터넷에서 찾아봤습니다." 구리쓰카가 이야기를 시작했다. "놀랐습니다. 유명한 평론가의 평을 읽으니 진나이 씨와 똑같은 점을 지적했더군요. 여주인공 역을 맡은 배우의 연기에 강약 조절이 부족했던 점이 아쉬웠다고요. 전반에 억제된 연기를 했으면 더욱 좋았을 거라고. 감탄했습니다. 연기에 대한 심미안이 전문가급이십니다."

"과찬이세요…… 우연이죠."

갑자기 연극 이야기라니. 미나는 우울해졌다. 지금은 피하고 싶은 화제였다.

"고백하자면 연극을 보는 동안 때때로 진나이 씨의 옆모습을 바라봤습니다. 딱히 다른 뜻은 없었습니다. 호감을 가진 여성이 옆에 있으니 보고 싶은 건 당연하지 않습니까?" 구리쓰카는 태연한 낯으로 말했다. "그

* 웨이터를 뜻하는 프랑스어.

리고 기대했습니다. 당신도 제 시선을 알아채고 돌아
봐 주지 않을까 하고요. 하지만 당신의 시선은 무대에
사로잡혀 있더군요."

"죄송해요, 전혀 몰랐어요."

구리쓰카는 웃는 얼굴로 고개를 저었다.

"사과할 일은 아니죠. 연극 관람을 취미로 삼으려면
이 정도는 집중해야 한다고 반성했을 따름이죠."

"그럼 다른 취미를 찾아볼까요?"

미나의 제안에 구리쓰카는 당치도 않다며 눈을 부릅
떴다.

"모처럼 관심을 가졌으니 조금 더 공부해 보려고 합
니다. 다음에는 뮤지컬을 보러 가시지 않겠습니까? 알
아보니 일본 극단에서 상연하는 브로드웨이 작품이 꽤
있나 봅니다. 보셨습니까?"

"일본에서는 못 봤어요."

미나의 대답에 구리쓰카의 눈썹이 움찔했다. "본고
장에서 보신 겁니까?"

"어릴 적 몇 번쯤……. 옛날 일이에요."

쓸데없는 소리를 한 걸까. 후회가 밀려왔다.

"그러셨군요. 어떤 작품을 좋아하십니까?"

글쎄요, 하고 미나는 고개를 기울였다.

"방금도 말씀드렸지만 옛날 일이라 잘 기억이 안 나네요……. 굳이 따지자면 '시카고'…… 일까요."

"아, '시카고'를 좋아하시는군요." 구리쓰카는 스마트폰을 만졌다. "이 노래죠?" 말이 끝나자 재즈 명곡이 흘러나왔다. 그 순간 미나의 눈꺼풀에 화려한 안무가 떠올랐다. 일본인 배우가 주연을 맡았다는 걸 들었을 때는 얼마나 질투가 났던가.

구리쓰카는 스마트폰을 조작해 곡을 정지했다. "정말 멋진 음악이네요."

미나는 술잔을 들어 샴페인을 마셨다. 머릿속에 떠오른 이미지를 지워버리고 싶었다.

"저도 뉴욕은 여러 번 방문했습니다만, 안타깝게도 뮤지컬을 관람한 적은 없습니다. 사실 기회가 한 번 있기는 했습니다. 티켓을 선물 받았는데, 함께 갈 사람이 없어서 결국 다른 사람에게 줬죠. 인기 작품이었다고 들었습니다만."

"어떤 작품이었나요?"

"뭐였더라. 모르몬 어쩌고 하는 제목이었던 것 같은데요."

미나의 뇌리에 반짝 불꽃이 튀었다. "'더 북 오브 모르몬'?"

"아, 아마 그겁니다."

"그 티켓을 남한테 주셨다고요?" 저도 모르게 언성이 높아졌다.

"네…… 그게 왜?"

"저는 한 자리 구하는 데도 얼마나 고생했는데……." 제 목소리가 열기를 띠는 걸 깨닫고 미나는 헛기침을 했다. "죄송합니다……."

구리쓰카는 빤히 미나를 바라봤다. "역시 진나이 씨는 상당한 관극 마니아인 것 같군요."

"그런 건 아니지만……." 슬슬 화제를 바꿔야겠다고 생각했다. "그나저나 뉴욕에는 관광으로 가신 건가요?"

"사업 관련해서요. 관광 여행은 벌써 몇 년이나 한 적이 없군요. 그래서 국내 여행지도 안 가본 곳이 많습니다."

"삿포로는요? 귀성할 계획은 없으세요?"

"삿포로……." 어찌 된 영문인지 구리쓰카의 표정이

무거워졌다. "그 얘기는 조금 나중에 꺼내려고 했는데."

"왜요?"

"실은 다음 주에 고향에 가려고 합니다. 부모님에게 드리고 싶은 말씀이 있어서요. 하지만 과연 할 수 있을지는 아직 모르겠습니다. 못 하게 되면 돌아가지 않을 거고요."

무슨 뜻인지 이해할 수 없어서 미나는 고개를 기울였다.

구리쓰카는 천천히 뭔가를 꺼내 미나 앞에 놓았다. 네모난 상자였다. 그걸 본 순간, 미나의 심장이 쿵쾅거렸다. 상자 안에 무엇이 들어 있는지는 안 봐도 알 수 있었다.

열어보세요, 하고 구리쓰카가 말했다.

미나는 쭈뼛거리며 손을 뻗어 상자를 집었다. 뚜껑을 여는 손가락이 떨리고 있었다.

이윽고 모습을 드러낸 건 커다란 다이아몬드가 박힌 반지였다. 링 부분에도 작은 다이아몬드가 촘촘하게 박혀 있었다.

"단도직입적으로 말씀드리겠습니다. 저와 결혼해 주

시겠습니까?"

너무나도 직설적인 물음에 미나는 살짝 눈앞이 어지러웠다.

이런 날이 오기를 얼마나 기다렸던가. 이상적인 결혼 상대에게서 프러포즈를 받는 순간을 상상하며 눈을 반짝였다. 미국에서 배우가 된다는 꿈을 포기했을 때부터 자신이 행복해지기 위해서는 이 길밖에 없다고 생각하며 살아왔다.

"오늘 답을 달라고는 하지 않겠습니다." 구리쓰카는 진지한 표정으로 말했다. "하지만 서둘러 답해주시면 감사하겠습니다. 방금 말씀드렸다시피 다음 주에는 고향에 돌아가고 싶거든요."

"알겠습니다. 아마 오래 기다리게 하지는 않을 거예요."

기실 마음은 이미 정해졌다. 바로 대답하지 않은 건 연출에 불과했다.

"그러시군요. 그럼 일단 그 반지는 주시겠습니까. 이건 보석점에서 특별히 빌린 반지입니다. 사이즈를 말씀해 주시면 정식으로 주문하겠습니다."

"감사합니다."

미나는 상자를 구리쓰카에게 돌려줬다.

"샴페인을 또 주문하죠. 한 번 더 건배하고 싶거든요."

"네, 좋아요."

구리쓰카가 가르송을 불러 샴페인을 주문했다.

"여행 이야기로 돌아가죠." 구리쓰카가 말했다. "어디 가고 싶으신 곳이 있습니까?"

"가보고 싶은 곳은 많죠……. 구리쓰카 씨는 어떠세요? 일과 상관없이 가고 싶으신 곳이 있나요?"

"글쎄요. 아, 진나이 씨와 가고 싶은 곳은 있습니다. 브로드웨이요."

"아……." 미나는 쓴웃음을 지었다. 또 그 이야기로 돌아가는 건가.

"얼마나 멋질까요. 색색의 빛으로 물든 밤의 타임스 스퀘어를 둘이서 걷고 싶군요. 그리고 브로드웨이로 들어가는 거죠. 이내 극장이 하나둘 눈앞에 나타납니다. 당신이 좋아하는 작품은 '시카고'였지요. 제일 좋은 자리에서 봅시다. 극장에 들어가면 관객석에는 고급 좌석이 늘어서 있겠죠. 계단을 천천히 내려와 특등석으로 걸어갑니다. 자리에 앉은 우리는 무대를 올려다보며 막이 오를 때까지 조용히 기다리죠."

구리쓰카의 말에 촉발돼 미나의 뇌리에 화려한 영상
이 되살아났다. 꿈과 동경의 브로드웨이. 얼마나 드나
들었는지 모른다.

"그리고 서서히 막이 오릅니다. 무대에서 배우들이
어떤 연기를 보여주는지 지금의 저는 모릅니다. 하지만
분명 멋진 퍼포먼스겠죠. 음악도 분명 매력적일 겁니
다. 우리는 무대에 빠져들어 시간 가는 줄 모르겠죠."

구리쓰카의 말에 미나는 속으로 반박했다. 매력적이
라는 표현으로는 설명할 수 없다고요. 오프닝은 명곡
'올 댓 재즈(All That Jazz)'다. 조명을 받으며 여성들이 숙
련된 댄스를 선보인다. 모든 동작이 계산돼 있고 움직
임 하나마다 강렬한 메시지가 담겨 있다. 그 모습을 관
객석에서 숨죽인 채 바라본다……

아니야, 저도 모르게 중얼거렸다.

"네? 뭐가 말입니까?" 구리쓰카가 물었다. "왜 그러
십니까?"

아니야, 미나는 다시 중얼거렸다.

"내가 있을 곳은 관객석이 아니야."

7

마요가 '트랩핸드'에 들어섰을 때 다케시는 스마트폰으로 통화 중이었다.

"…… 그렇습니까, 다행이군요…… 네, 물론입니다. 말 안 해도 잘하시겠지만 살되기를 진심으로 바라겠습니다…… 네, 그럼 또." 통화를 끊은 다케시는 무표정한 얼굴로 마요를 돌아봤다. "일찍도 오셨군. 아직 일곱 시도 안 됐는데."

"구리쓰카 씨하고 만나기로 했어요. 급하게 할 얘기가 있다고. 리모델링 건일 것 같긴 한데 무슨 일이지?" 다케시는 관심 없다는 양 어깨를 으쓱했다. "글쎄다."

"구리쓰카 씨, 하니까 말인데, 들었어요? 미나 씨 얘기. 미국에 갔대요."

"안다. 방금 본인하고 통화했고." 그렇게 말하며 다케시는 스마트폰을 흔들었다.

"살 곳이 정해졌다는군. 오늘부터 바로 보컬 트레이닝에 들어간다고."

"그렇구나. 얘기 듣고 놀랐어요. 구리쓰카 씨하고 잘

돼가는 것 같아서 그 제안은 거절할 줄 알았거든."

하지만 다케시는 반응이 없었다. 표정 변화 없이 찬장의 술들을 확인하고 있었다. 무시당한 것 같아서 마요는 울컥했다.

그때 출입문이 열렸다. 서글서글한 미소를 지으며 구리쓰카가 들어왔다. "안녕하십니까" 하고 인사를 건넸다. "갑자기 뵙자고 해서 죄송합니다."

마요는 의자에서 일어났다. "오셨어요."

"소문의 주인공이 등장했군." 다케시가 말했다.

마요는 돌아보며 다케시를 노려봤다. "쓸데없는 소리 마요."

"뭡니까? 그 소문이라는 게?" 구리쓰카는 의자에 앉았다.

"아무것도 아닙니다. 신경 쓰지 마세요." 마요는 황급히 억지웃음을 지었다.

"혹시……." 구리쓰카는 입술을 축이더니 말을 이었다. "제가 차인 일 말입니까? 진나이 미나 씨에게."

마요는 숨을 삼키며 손으로 입을 가렸다.

구리쓰카는 후훗, 하고 웃음을 흘렸다.

"보아하니 정곡을 찌른 것 같군요." 구리쓰카는 다케시를 올려다보며 말을 이었다. "아직 트릭을 밝히지 않은 겁니까?"

"자네가 온 뒤에 하는 게 좋을 것 같아서."

"아하."

두 사람의 대화를 듣고 마요는 미간을 씨푸렸다. 트릭을 밝히다니, 그게 무슨 소리지. 다케시가 구리쓰카에게 '자네'라고 부른 것도 마음에 걸렸다.

"뭐예요? 무슨 뜻이야?" 마요는 두 사람을 번갈아 봤다.

다케시가 팔짱을 낀 채 마요를 내려다봤다.

"얼마 전에 이곳에서 벌어진 연극은 기억하고 있겠지? 넌 복면을 쓴 남자의 위협을 받고 실신했었지. 혹시 기억이 날아간 거냐?"

"그걸 어떻게 잊어요." 마요는 입을 삐죽였다. "그리고 누가 실신했다고 그래요? 잠깐 정신이 나갔던 것뿐이라고요. 그때 연극이 왜요?"

"오세 이츠타로 씨가 미국을 주무대로 활동하는 프로듀서라는 건 사실 전부터 알고 있었어. 내가 미국에서 일할 때 몇 번 만난 적이 있거든. 가게를 찾은 것도 그 시절 인연에서였고."

"역시 그랬구나. 처음 여기서 만났을 때 왠지 그런 것 같더라고. 하지만 그 연극 때는 그런 말은 안 했잖아요."

"여러 가지로 사정이 있었어. 그건 지금부터 설명해 주마. 그날 밤, 오세 씨가 했던 얘기는 대부분 사실이다. 여기서 미나 씨와 마주친 그는 어떻게든 미국으로 데리고 가서 연출가와 만나게 하고 싶었지. 그래서 나한테 이야기했고, 처음에는 반 장난인 줄 알았는데, 너무 진지해서 그냥 흘려들을 수도 없었어. 알겠다, 최대한 협조하겠다고 했더니 그 연극 작전을 제안하더군. 결과는 너도 알다시피 대성공이었고, 미나 씨의 매력이 녹슬지 않았다는 걸 오세 씨는 확인할 수 있었지. 갑자기 연극에 참가하게 된 너한테는 몰래 카메라 같은 것이었겠지만."

"몰래 카메라는 무슨. 얼마나 놀랐는지 알아요. 트라우마가 될 것 같아."

아직도 날붙이 종류를 보면 무의식적으로 눈을 질끈 감을 정도였다.

"그때 너도 들었겠지만, 인질 역할은 원래 다른 여성이 맡을 예정이었어. 갑자기 배역이 바뀌어서 강도 역할 배우도 놀랐다는군. 나도 내심 얼마나 당황했는지 모른다."

"그런 거였구나. 하지만 그때 삼촌은 자기도 연극인 줄 몰랐다는 양 행동했잖아. 왜 그랬어요?"

"거기도 이유가 있다. 미나 씨에 대한 테스트는 거기서 끝나지 않았기 때문이지."

"무슨 소리예요?"

"오세 씨가 도움을 요청했을 때, 나는 미리 못을 박았다. 미나 씨를 무대로 복귀시키는 데는 커다란 장애물이 있다고. 그게 뭔지 넌 알겠지."

떠오르는 건 하나뿐이었다. "혹시 신데렐라의 꿈?"

"그래. 신데렐라가 되고자 하는 그녀의 욕망은 강렬했으니까. 그 이야기를 들은 오세 씨는 문제라고 말하더군. 부자와 결혼해 행복해지겠다는 안이한 사고방식으로는 미국의 치열한 엔터테인먼트 시장에서 살아남을 수 없다고. 그래서 두 번째 테스트를 시작한 거지. 신데렐라의 길과 배우 복귀의 길, 그녀가 어느 길을 택할지 지켜보기로 했어."

"신데렐라의 길?" 그렇게 말하며 마요는 시선을 돌

마지막 행운

렸다. 히죽거리는 구리쓰카의 얼굴이 보였다.

"허, 설마……."

"네, 그 설마가 맞습니다." 구리쓰카가 고개를 숙였다. "이제야 제 차례가 왔군요."

"미나 씨를 좋아한다는 건 다 연기였어요?"

"사실 그렇습니다. 속여서 죄송합니다."

"헉, 하지만 구리쓰카 씨가 미나 씨와 만난 건 제가 '발바록스' 매장에 안내했기 때문이잖아요." 거기까지 말하고 나서 마요는 숨을 삼켰다. "아니. '발바록스' 매장에 간 건 구리쓰카 씨가 찾는 소파가 있다고 해서였죠. 그렇다면……." 마요는 서서히 구리쓰카를 보았다.

"혹시 그 연극은 우리 회사에 리모델링을 하고 싶다는 전화를 걸었을 때부터 시작된 건가요?"

"죄송합니다." 구리쓰카는 재차 고개를 숙였다. "저도 마음이 편치 않았습니다."

"너무해……." 마요는 말을 잇지 못했다.

"너무 그러지 마라." 다케시가 끼어들었다. "그 친구는 전직 배우인데, 오세 씨의 부탁을 받아 지시대로 움직였을 뿐이니까. 그리고 대본은 내가 썼다. 데이팅 앱

같은 데서 처음 만나면, 미나 씨의 믿음을 얻기까지 시간이 걸릴 것 같아서 널 이용한 거다. 지인에게 소개를 받는 것과는 비교가 안 되니까."

마요는 두 손을 카운터에 올리고 다케시를 노려봤다.

"그럼 나한테도 미리 알려주지 그랬어요. 기꺼이 협조했을 텐데."

"사실 커다란 불안 요소가 하나 있었거든." 다케시는 집게손가락을 세웠다. "네 연기력이지."

"무례하시네요. 나도 연기 정도는……."

"미나 씨는 연기의 프로야." 다케시는 냉철한 목소리로 말했다. "네 말과 행동을 부자연스럽게 느끼면 계획은 물거품으로 돌아가지. 그러니까 모르는 게 나았어."

"그럼 그 집을 리모델링한다는 얘기는……."

처음부터 없었지, 하고 다케시가 즉답했다.

"그 집은 해외 부임 중인 지인의 집이야. 전화로 사정을 말하고 잠시 빌렸지. 너무 슬퍼하지 마라. 귀국해서 리모델링을 할 마음이 생기면 나한테 연락 준다고 했으니까."

"그게 뭐야. 휴, 오랜만에 큰 건이라 좋아했는데." 마요는 턱을 받치려다 동작을 멈추고 구리쓰카 쪽을 보았다. "그런데 혹시 미나 씨가 신데렐라의 길을 택했으면 어쩌려고 했어요?"

"아니, 그럴 가능성은 없다고 가미오 씨가⋯⋯."

마요는 다케시를 올려다봤다. "그걸 어떻게 단언할 수 있어요?"

"미나 씨를 계속 봐왔으니 알 수 있지. 그녀는 남자를 감정했다고 생각했겠지만, 사실 그녀가 감정했던 건 자신의 미래상이었어. 미래가 아니라 지금 그녀를 정당하게 평가해 줄 기회가 있다면 놓칠 리 없다고 생각했지."

그 말을 곱씹은 뒤에 마요는 물었다. "자기가 감정의 대상이 되는 것도 꺼리지 않는다는 거예요?"

"자신이 있다면 그래야지. 남자를 감정할 때가 아니야. 그렇게 재능 있는 여성은 특히 더." 그렇게 말하더니 다케시는 딱, 손가락을 울렸다. 다음 순간 그 손가락 사이에서 사진이 나타났다.

진나이 미나가 오디션용으로 찍은 듯한 사진이었다.

블랙 쇼맨과 운명의 바퀴

1판 1쇄 발행 2024년 3월 2일
1판 4쇄 발행 2024년 10월 15일

지은이 히가시노 게이고
옮긴이 최고은

발행인 양원석
편집장 김건희
디자인 오필민디자인
영업마케팅 조아라, 박소정, 한혜원, 박윤하, 한유진

펴낸 곳 ㈜알에이치코리아
주소 서울시 금천구 가산디지털2로 53, 20층 (가산동, 한라시그마밸리)
편집문의 02-6443-8902   **도서문의** 02-6443-8800
홈페이지 http://rhk.co.kr
등록 2004년 1월 15일 제2-3726호

ISBN 978-89-255-7536-0 (03830)